長篇ユーモア・ピカレスク

盗まれた時を求めて

赤川次郎

徳間書店

TOKUMA NOVELS

目次

プロローグ

月夜で良かった。

ゆるく、長く続く坂道を上りながら、都 亮一《みやこりょういち》は思った。――闇夜《やみよ》だったら立ち往生《おうじょう》するところだ。

満月が冴え冴《さ》《ざ》えとした冬の空に白く光っていた。街灯一つない坂道を、月明りが充分に明るく照らしてくれていたのである。

本当なら、こんなに遅くなるはずではなかった。ローカル線に乗り換えるところで、列車が二十分も遅れたのだ。

たった二両で、ほとんど乗客のいないローカル線なのだから、乗り継ぎの列車を待っていてくれればいいのに、何とも律儀《りちぎ》に定刻通り発車してしまい、そのわずか数分後に都の乗った列車が駅に着いたのだった。

おかげで、最後の電車まで、ホームのベンチで二時間も待たされるはめになった。

風がないのは幸《さいわ》いだったが、ここまで山の近くに来ると、気温は都会より五、六度も低く、すっかり凍《こご》えてしまった……。

「あれか……」

坂を上る足を一旦止めると、都は自分に確かめるように呟《つぶや》いた。

まだ大分あるようにも、もうすぐのようにも見える黒々とした建物には、目を開いた獣《けもの》のような明るい窓が光っていた。

ここまで遅れたのだから、今さら急いでも仕方ない。しかし——つい足取りを速めるのは、夕食を食べそこなって空腹だったからだ。

事情は先方にメールで知らせてある。気のきく相手なら、当然都が夕食抜きでやってくると察して、何か用意しておいてくれるだろう。

「どうかな……」

あまり当てにはしないようにしていた。

大体、期待というものは裏切られる。がっかりしない方法は、初めから期待しないことだ。

都亮一の、これまでの三十六年の人生で得た、それはほとんど唯一の教訓だった。

幸い、予想していたより、その門には早く到着した。

鉄柵の門扉《もんぴ》と、堂々たる門柱。そこにインタホンのボタンがあった。

それを押そうと手を伸したとき——。

門の内側に駆《か》けて来る足音が聞こえて、木々の影の中から白いものが飛び出して来た。

月明りに照らされて、それが若い——たぶんまだ十代の少女だと分った。白い寝衣《しんい》らしい服を着たその少女は、閉じた門へと駆けて来ると、いきなりよじ上り始めた。

面食《めんく》らった都が呆然《ぼうぜん》として眺めていると、少女は軽々と門扉を乗り越えて、外側へと飛び下りた。

みごとに着地を決めると、少女は初めてそこに立っている都に気付いてドキッとした様子で、目を見開いた。

「——やあ」

としか言えなかった。

「あなた——誰？」

と、少女が言った。

「僕は——」

と言いかけたとき、門の内側にバタバタと足音がして、少女はハッとすると、

「行くわ」

「君——裸足《はだし》で大丈夫なのか？」

「ご心配なく！」

少女は面白がっている様子で、そう言うと勢いよく走り出した。そしてたちまち暗い木立《こだち》の間に消えてしまったのだ。

「おい！　どこへ行った！」

「見えないぞ！」

男たちの怒鳴《どな》り声がして、門の所まで二人の男が駆けて来た。

そして、門の外に立っている都に気付くとびっくりして、

「何だね、あんた？」

「失礼。僕は今回こちらへ伺うことになってる都といいます」

「は？　——おい、聞いてるか？」

「ああ、新しい先生だろ。さっき谷口さんが言ってた」

「そうか。まあ、ちょっと待って下さい。今門を開けます。電動なんで、中の方で開けないと……。おい、知らせて来てくれ！」

「分った」

一人が駆けて建物の方へ戻って行く。

「あの——女の子を見ませんでしたか？　こっちへ逃げて来たんですが」

一瞬迷ったが、

「さあ、誰も見ませんでしたが」

と、都は言っていた。

「そうですか。——あ、今開きます」

ブーンとモーターの動く音がして、門扉は静かに左右へ開いた。

「失礼します」

都はちょっと会釈《えしゃく》して、門の中へと入って行った……。

1　隙間

意外だった。

追ってくる気配がない。——しばらく木々の間に身を潜《ひそ》めて、様子をうかがっていたゆかりは、ちょっと拍子《ひょうし》抜《ぬ》けした気分だった。

もちろん、うまく外へ出られたからには、もっと遠くまで逃げてやりたいと思っていたから、追っ手が追って来ないのはありがたかったのだが。

そう。——もしかすると、あの門の前で出くわした妙な男のせいかもしれない。どうやら、見たところ新任の教師らしかった。

「ラッキーだな」

と、呟く。

どうやら、なかなかの「お人好《ひとよ》し」らしい。

ゆかりを見て、「裸足で大丈夫か」と訊《き》いた。普通、あんなこと言わないだろう。

「大丈夫なのよ」

ゆかりは懐《ふところ》から、上ばきを取り出してはいた。

ここまで裸足だったから足は汚《よご》れているが、別にけが一つしていない。

そして、この寒さは？　——ペラペラの寝衣の下に、しっかり冬の下着を二枚も着込んでいた。

もちろん、ずっと外にいたら凍えてくるだろうが、それまでには、どこかへ忍《しの》び込んでいるつもりだ。

少しかじかんだ両手にハアッと息を吐《は》きかけると、

木立の間を抜けて、斜面を下って行く。

唐沢《からさわ》ゆかりは十六歳。——あの寄宿制の学校〈星の教室〉の生徒である。

なぜこうして夜中に逃げ出しているのかというと……。

「おっと」

ズルッと足が滑《すべ》って、尻もちをついてしまった。水たまりでもあったとみえて、お尻が濡《ぬ》れて冷たい。

舌打ちしたが、そう簡単に乾《かわ》くまい。

ともかく、木の根っこを踏みながら、斜面を下り切って、道路へ出た。

どこへ行くというあてがあるわけではなかった。駅まで歩くと二十分ほど。無人駅だから、中で休んではいられるが、食べるものも何もない。

どうせ朝になれば、学校の人間が駅へ捜しに来るだろう。——ゆかりは「手間をかけさせる」のが楽しかったのだ。

規則だらけの生活に息が詰まると、ときどきこうして逃げ出して来る。外の空気を吸《す》うだけでも楽しい。

お尻が冷たくて、駅の待合室に入っても、ベンチに座る気になれなかった。

もちろん、明りはないので、待合室の中はほぼ真暗だ。

木のベンチにそっとお尻をつけると、ヒヤッと冷たくて、

「ワッ」

と、声を上げてしまった。

すると——。

「どうかしたの?」

奥の暗がりから女の声がして、ゆかりは今度はびっくりして飛び上りそうになった。

「誰か……いるの?」

我ながら情ないことに、声が震《ふる》えていた。

その女性の手にしたスマホが光って、ゆかりを照らした。

「その格好で、何してるの？」

見たところはコートを着た、中年の女性である。

「休んでるだけよ」

と、ゆかりは言った。「おばさんは？」

「人を待ってるの」

「こんな所で？」

それには答えず、

「ああ、もしかして、あなた、この近くの〈星の教室〉の生徒ね？」

「――そうならどうだっていうの？」

「何でもないわ」

と、その女性は笑って、「夜のお散歩？　なかなか粋《いき》じゃないの」

「どうも」

変な人だ、とゆかりは思った。

スマホの明りが消えると、

「お腹《なか》、空《す》いてない？」

「え？」

「サンドイッチの残りがあるわ。よかったら、どう？」

そう言われると、急にお腹が空いて来た。

「もらうわ」

「はい、どうぞ」

またスマホが明るくなる。

二切れのサンドイッチは、おいしかった。

こんなときだから、というだけでなく、挟んであるローストビーフが本当においしかったのである。

――高級品だ。

「おばさん、どこの人？」

と、ゆかりが訊く。

しかし、それに答える前に、駅の外に車の音がして、ヘッドライトが待合室を照らした。

するとその女性がパッと立ち上り、

「隠れて！」

と言った。

「どうして？」

「いいから！」

ゆかりは腕をつかまれて、待合室の奥に置いてあった古《ふる》びた机の方へ引張って行かれた。そして、身をかがめて、机の下へ二人して潜《もぐ》り込んだのである。

「何なのよ？」

「しっ！」

車が停って、誰かが降りて来る。

「無人駅だな」

「誰もいないぜ」

「覗《のぞ》いてみろ。ホームの方も」

男が二人、懐中電灯で辺りを照らしながら、駅の中を見て回っているようだ。

「――誰もいないぞ」

「参ったな！」

二人の男は困ったようにため息をつくと、「仕方ない。この先の坂を下ってみよう。小さな温泉があっただろ」

「ああ。しかし、あんな所に……」

「行ってみて、いなけりゃ、また別の方角を捜そう」

二人が乗り込み、車が走り出すのが聞こえると、ゆかりとその女性は机の下から出て、腰を伸した。

「おばさんのこと、捜してるの？」

「まあね」

「何か盗んで追われてるの？」

ゆかりに訊かれて女性は笑ったが――。

いきなり胸を押えて、うずくまる。

「おばさん、どうしたの？」

びっくりして、ゆかりが訊くと、

「大したことじゃ……」

と言いながら、苦痛に呻《うめ》いて地面に転《ころ》がる。

「大丈夫？　ね、どうしたら――」

ゆかりがあわてていると、

「今の車を……」

「え？」

「呼び戻して……。あの車を……」

「え？　何よ、どういうこと？」

しかし、女性はそれ以上言葉が出ない様子だった。

「しょうがない！」

ゆかりは駅から駆け出すと、遠去《とおざ》かって行く車に向って、思い切り手を振って、

「おーい！　戻って来て！　こっちよ！」

と叫んだが、とても聞こえない。

車がカーブして坂を下って行くのが見えた。下りはこっちの方へと向って来ることになる。

ゆかりは駆け出して、ガードレール越しに、車が数メートル下を通りかかるのを覗き込んだ。

「ちょっと！　停って！」

と叫んでみたが、とても聞こえないだろう。

ゆかりはとっさに――どうしてこんな真似をしたのか、自分でも分らなかったが、ガードレールをまたいで越えると、ちょうど車が真下を通るのに合せて――車に向って飛び下りたのである！

うまく車の屋根に落下したが、そのまま地面へ転り落ちた。

車の方はびっくりしただろう。急ブレーキをかけると車から男たちが飛び出して来て、

「おい、大丈夫か！　何だって飛び下りたりしたんだ！」

さすがに脚も手首も痛かったが、

「駅の中にいる」

と、何とか言った。「待合室で――発作《ほっさ》起こして倒れてるよ……」

「何だって？」

た。


「早く行って！　苦しがってる！」

男たちは顔を見合せると、

「急げ！」

と、ゆかりを車の後部座席へかつぎ込み、車をUターンさせて、無人駅へと猛スピードで戻って行った。


「やあ」

こっちを覗き込んでいる男の顔に、なかなかピントが合わなかった。

それでも、二、三度ギュッと目をつぶってから開いてみると、何とか――。

「――誰だっけ？」

と、ゆかりは言った。「会ったことある？」

「暗かったから、憶《おぼ》えてなくても――」

「ああ！　あのとき門の外にいた人ね」

と、ゆかりは思い出して、「〈星の教室〉の先生なのかと思った」

「当りだ」

と微笑《ほほえ》んで、「都亮一だ。東京都の〈都〉一字で〈都〉という姓だ」

「変った名前ね。――でも、どうして病院に？　私に退学を申し渡しに来たの？」

「唐沢ゆかり君というんだね。まあ、学校からの連絡には違いないが、退学じゃない」

唐沢ゆかりは、〈星の教室〉から近い総合病院に入院していた。

あの男たちは、無人駅で、発作を起していた女性を拾うと、この病院へかつぎ込んだ。そして、一緒にゆかりも、何しろ走っている車の屋根に飛び下りたのだ。右足首と左手首の骨にひびが入っていて、入院することになったのだった。

「学校に、南田秋子《みなみだあきこ》さんから君に感謝の気持を伝えてほしいとのことでね。僕が代って来たんだ」

と、都は言った。

「誰、それ？　あ、もしかしてあのおばさんのこと？」

「何だ、名前も聞かなかったのか。君が助けた女性は、南田秋子さんといって、〈星の教室〉の支援者の一人でもある」

「そうなの？　それで学校の名前を知ってたのか。――じゃ、私の夜逃げはお咎《とが》めなし？」

「ああ。学校としては君を表彰まではできないが、手首足首が回復するまで、入院していていいということになった」

「やった！」

「テストは、ちゃんとこの病室へ届けるそうだ」

「何だ。――でも、都さん、あ、〈都先生〉か。その南田さんって、どうなったの？」

「手当が早くて、次の日には無事都内の大病院へ移ったよ」

「良かったね。でも――この病室、えらく立派な個室だけど、費用は学校持ち？」

「心配いらない。南田さんが払ってくれる」

「へえ！　悪いわね」

「気をつかわなくてもいい。南田秋子さんは、大きな商社の社長で、ゴルフ場やら何やら、いくつも所有してる。要するに大金持だ」

「そんな……」

と、ゆかりは目を丸くして、「そんなお金持がどうしてあんな所にいたの？」

「それは知らない。まあ、金持ってのは、しばしば変ったことをするもんだ」

「へえ……。そういえば、あのサンドイッチ、高そうだった……」

「何だい？」

「いいえ、別に。じゃ、安心して入院してるわ。

――ね、都先生って、何を教えてるの？」

「犯罪心理学だよ」

と、都は言った。


「おやおや」

ＴＶを見ていた淳一《じゅんいち》が呟いた。「見た顔だな」

「どうしたの？」

風呂上りで、バスローブをはおった今野真弓《こんのまゆみ》が、居間へ入って来た。

「いや、こんなこともあるんだな、と思ってさ」

と、今野淳一はソファに寛《くつろ》いで、「なかなか可愛い子だ」

「何ですって？」

真弓が急に険悪《けんあく》な表情になると、ＴＶを見た。

「あなた、この子と関係が？」

「おい、まだ十六だぜ」

「十六だって、女は女よ。――でも、私には遠く及ばないわね」

真弓は少し安心した様子だった。

十六歳の少女、唐沢ゆかりが、もう少し大人びて色っぽければ、真弓は本気で怒っていたかもしれない。

「人の亭主誘惑罪で逮捕してやるところだわ」

「そんな罪があるのか？」

「今、こしらえたのよ」

と、真弓は言って、ソファに並んで座ると、「この子がどうしたの？　人でも殺した？」

――今野真弓は、警視庁捜査一課の有能な刑事である。刑事としては珍しい（たぶん）華やかな美女だが、もう一つ、もっと珍しかったのは、夫、今野淳一が泥棒だということだった……。

「いや、〈Ｍ商会〉のオーナー社長の南田秋子の命を救ったっていうんでね」

「何かごほうびをもらったの？」

「南田秋子の養子になったそうだ」

「まさか」

「唐沢ゆかりは孤児で、〈星の教室〉って寄宿舎に入っていたそうだ。それで、南田秋子が、ぜひにと言って――」

「じゃ、大金持のお嬢様になったの？　宝くじに当ったより凄《すご》いわね」

「そうだな。南田秋子には夫も子供もいない。全財産を、ゆかりって子が継ぐことになるんだろう」

さぞかし、マスコミが大騒ぎするだろう、と淳一は思った。

しかし、淳一には気になることがあった。

唐沢ゆかりを巡るニュースの画面にチラリと映っていた男のことだ。

学校関係者らしかったが、淳一には見覚えがあった。

「気を付けとけよ」

と、淳一は言った。「殺人事件が起きないようにな」

「何のこと？」

あの男は……。淳一の記憶は確かだ。

かつて、淳一と同じ泥棒だったが、ある事件で人を殺したとされ、指名手配された。

それから――おそらく七、八年たっているだろう。淳一はその一件に、わずかだが、係《かかわ》っていた。そして、あの男が犯人なのかどうか、疑いを持っていたのである。

真弓のケータイが、テーブルの上で鳴った。

「道田《みちだ》君だわ。――もしもし」

真弓の部下、道田刑事。

「――え？　何？　殺人事件？」

と、真弓は不機嫌そうに、「今、お風呂なのよ。裸だけど、それでいいかしら？」

真弓に恋している道田刑事が、さぞ真赤になっているだろう。
淳一は笑いそうになるのを、何とかこらえていた。

2　奇妙な死

一見したところ、平凡な事件に思えた。

いや、殺人事件というものが「平凡」かどうかは問題だが——。

「女よ」

現場を見るなり、真弓は言った。

「真弓さん……」

道田刑事が、「もう犯人が分ったんですか?」

「分らないわよ。でも殺されてるのは男。しかも、バスローブ一つの裸。この状況からみて、犯人は、この男と泊ることになってた女でしょ」

真弓は欠伸《あくび》をして、「もうちょっと変った殺人なら面白かったのに」

記者にでも聞かれたら問題になりそうな発言だったが、幸い現場に居合わせた刑事や鑑識の人間たちは、真弓のことをよく知っていて、少しも驚かなかった。

「——高そうな部屋ね」

と、スイートルームの中を見て回って、真弓は言った。

Sホテルは、都内でも指折りの高級ホテルだ。そのスイートルームとなれば、一泊の値段も安くあるまい。

男はベッドに仰向《あおむ》けになっていた。見たところ、髪は薄くなって、真白で、六十代後半かと思えた。

「こんな部屋を取るんだから、有名企業の社長か何かでしょ。――ホテルの宿泊記録は?」

と、真弓が訊くと、

「今、フロントから人が来ます」

と、道田が言った。

「発見したのは?」

「ルームサービスの担当の男性です」

と、道田が言った。

「何を注文したの?」

「あ……。そこまでは聞いてません」

「ちゃんと調べて。犯人の好みが分るかもしれないわ」

「しかし、妙だな」

と言ったのは淳一で――。

「あら、あなたも来てたの?」

「おい、一緒に来いと言っただろ」

「そうだっけ? アルバイトしたいの?」

「アルバイトの刑事ってのがあるのか?」

「何が妙なの?」

――男は、胸をひと突きにされていた。白いバスローブの胸の辺りは血に染っている。

「こんな部屋を借りるにしちゃ、金持らしくない」

「どうして?」

「手を見ろ。指先もザラザラだ。てのひらが白くなってるのは洗剤のせいだろう」

「安物を使ってるのね。今は手が荒れない洗剤が主流なのよ」

「ともかく、こんな部屋を借りるような金持が、手をガサガサにして掃除してるとは思えないな」

「でも、現に借りてるんだから」

「クローゼットは見たか?」

「私はまだ。道田君、見た?」

「あ……。いえ、まだです」

「だめじゃないの! 大事な手掛りが隠されてるか

もしれないわ」

「そうですね！　注意が足りませんでした」

「おい。道田君に文句を言うより、自分で中を調べてみろよ」

と、淳一が苦笑した。

「もちろんよ！　もしかしたら、犯人が隠れてるかもしれないんですものね」

と言うと、真弓はクローゼットの扉を左右へ一杯に開けた。

すると――。

バスローブを着た若い女が、床にちょこんと座り込んでいたのだ。

真弓も、さすがに幻でも見ているのかという気になって、その女性を眺めていたが……。

「やっぱり、見付かっちゃった」

と、その女性は立て膝《ひざ》を抱《かか》え込んだまま、真弓を見上げて、「どうも……」

と、ニッコリ笑ったのである。

「私じゃない！　私じゃないの！」

と、その女性はくり返した。「私、何も知りません！」

「だって、殺人現場に隠れてたのよ。どう見たって怪《あや》しいわ」

と、真弓が厳しい口調で、「差し当り、しばらくは留置場で暮してもらうわね」

それを聞くと、その女性、真青になって、

「ウーン……」

と、呻《うめ》くと、気絶してしまった。

「おいおい」

淳一が笑って、「その子はたぶん大学生だろう。返り血を浴《あ》びてもいない。犯人じゃないと思うぜ」

「分ってるわよ。ちょっと脅《おど》かしてやっただけ」

「ともかく、その格好で気絶してちゃ風邪ひくぞ。

まず、服を着させてから訊問するんだな」

「じゃ、あなた、あっちへ行ってて。道田君はいいわ。この子が服を着るのを見張ってなさい」

「でも……バスローブの下は裸みたいですが……」

「それがどうしたの？　刑事としての任務なのよ。妙な下心を持ったりしちゃだめよ」

「はあ……」

道田は、その女性を揺《ゆ》さぶって起こすと、「服を着なさい」

と言った。

「——私、逮捕されるの？　お願い！　手錠かけないで！　ＴＶでそんな姿が映ったら、お父さんが心臓発作で死んじゃう！」

「その話は後だから！　ともかく服を着て！」

「はい！　怒鳴らなくても……」

と、口を尖《とが》らして、「あっち向いてて」

「だめだ。何か隠したりするといけないから見張ってる。命令なんだ」

「そんなこと言って……。裸が見たいだけでしょ！」

「違う！　ともかく——」

「はいはい」

と、女の子は——どう見ても「女性」というより「女の子」の方が似合っている——道田の方に背を向けると、さっさとバスローブを脱《ぬ》いで、下着を身につけた。

服を着るのに、せいぜい二、三分だったがその間で、道田は汗をかいていた……。

「——名前は遠藤小百合《えんどうさゆり》。Ｓ大の三年生」

と、真弓の前に座って、素直に答えた。

「大学生？　こんな所でこづかい稼《かせ》ぎ？　もう二十一歳？　大人だから、こういう悪いことをすると罪になるのよ。分る？」

「お願い！　見逃して！　私、遊ぶお金ほしさにこんなことしてるんじゃないのよ。家からの仕送りがゼロになっちゃって、食べていけないの」

「そんなことは、大学の人にでも相談しなさい。ところで——」

「大学なんて冷たいのよ。ちょっと授業料払うのが遅れただけで、『一週間以内に払い込まないと退学』なんて通知がメールで来るのよ」

「それより、どうしてクローゼットの中に隠れてたの？　あの男の人は誰？　犯人を見たの？」

遠藤小百合は仏頂面《ぶっちょうづら》になって、

「いっぺんにいくつも訊かないでよ。私、頭が悪いんだから」

「自分で言ってりゃ確かね」

と、真弓は言った。「いいわ。一つずつ答えて」

「誰だかなんて知らないわ。ただ、このホテルのこの部屋に行けって言われて来ただけ」

道田が、

「ホテルのフロントには〈田中一郎〉という名前を記入したようですが、住所もでたらめです」

「持物をよく調べて」

と、真弓は言ってから、「それで？　どうしてクローゼットに？」

「あのおじさん、何だかえらく緊張してたの。きっと、こんなことがばれると、奥さんに引っかかれるんじゃない？」

「それが——」

「ルームサービスで食事を頼んだの。少ししてドアのチャイムが鳴って。そしたら、おじさんが、『見られるとまずい。そこへ入ってろ』って、私をクローゼットへ」

「それで？」

「私、言われた通りにしたわよ。そしたら、あいにくルームサービスじゃなかったみたい」

「殺人者がやって来たわけか」

と、淳一が言った。「しかし、ここはスイートルームだ。当然、あっちのリビングで刺されたんじゃないのか」

「あわてて逃げて来たみたいよ。『助けてくれ！』って叫んでた」

「で、あなたは助けなかったのね？　可哀《かわい》そうに」

「私、刑事じゃないもん。出てったりしたら、私まで殺されちゃうところだった」

「犯人を見なかったの？」

「クローゼットの中からじゃ、何も見えないわよ」

「声は？　犯人は何か言わなかった？」

「何も。――カーペットだから、足音もしないし。私は怖くて、ただじっとしてただけ」

真弓はため息をついて、

「嘘をついちゃいないようね」

と言った。「じゃ、本当のルームサービスが来て、初めて何があったか分ったのね？」

「ええ、そう。――そうだ！　ルームサービスの料理はどうなったの？　私、お腹空いて死にそうなの」

「とっくに持ってってたわよ」

「食べそこなっちゃった！」

淳一が苦笑して、

「死なかっただけでも良かったじゃないか」

と言った。「ところで、晩飯をおごってもいい」

「本当？」

それを聞いて、真弓がキッと淳一をにらんだ。淳一は続けて、

「隠してることを、ちゃんと話せばだ」

真弓は眉を寄せて、

「何よ、それ？」

「クローゼットの扉には換気するようにスリットが入ってる。斜《なな》めの角度しか見えないが、少なくとも床の辺り、犯人の足ぐらいは見えたはずだ。違うか？」

小百合は目をそらして、

「違わないけど……」

「じゃ、犯人の足を見たのね？　情報を隠してたのなら、逮捕するわよ！」

「分った！　分ったわよ。でも——そうはっきり見えたわけじゃ……」

「何が見えたの？」

「ハイヒール」

「何ですって？」

「かなり高そうなハイヒールだった」

「待って。ということは——」

「犯人は女か」

と、淳一は言った。「スカートぐらいはみえなかったのか？」

「スカートじゃなかった」

「それじゃ——」

「ロングドレスだったわ」

と、小百合は言った。「ご飯、おごってくれる？」

「普通の客は、ホテルにロングドレスじゃ来ないだろう」

と、淳一が言った。「その時間、ホテルで開かれてたパーティの客だろうな」

「じゃ、ロングドレスの美女が、パーティを抜け出して、人を殺したっていうの？」

と、真弓が言った。

「『美女』かどうか分らないぜ」

「それはそうね。誰でも、私と比較したら美女とは呼べないかもしれないわ」

「それはまあ……」

「何かご意見でも？」

「『美女』のレベルを下げないと、世間に美女がいなくなる」

小百合は、せっせとステーキをナイフで切っては口へ運んでいた。

「――おいしい！　柔らかい！　こんなお肉食べたことない！」

「感激屋だな」

と、淳一は笑って、「まあ、あわてず、ゆっくり味わって食べろ」

夜遅くまで開いているイタリアンの店。

淳一と真弓は、夕食をすませているので、簡単に――それでも真弓はパスタ一人前をペロリと平《たい》らげた。

「それで？」

と、真弓は言った。「どんなドレスだったか、説明してもらおうじゃないの」

「あの……長かったです」

と、小百合は言った。

「そりゃロングドレスだから、長いのは当り前でしょ。ドレスの模様は？」

「そうね……」

と、小百合は首をかしげた。

「ごまかそうたって、だめよ」

「ちゃんと思い出してるんです」

と、小百合は口を尖らした。「模様ったって……。ただ黒いドレスだったとしか。裾《すそ》のところに、銀の飾りが……。チラッとしか見えなかったんですもの」

「それだけでも手掛りになる」

と、淳一は言った。「他には何か？　思い出したら、デザートが付くぞ」

「え、本当？　――じゃ、必死になって考える」

ウーン、としばらく小百合は唸《うな》っていたが、「――あ！　そういえば……」

「何か思い出したの？」

「あの人、あんな高級ホテルに泊るの初めてだったみたいで。私が『凄い部屋ね！』って感心してると、言ったわ。『そうだろう？　学校の床を掃除してる身で、こんな所に泊れるとはな』って」

「学校の床？　そう言ったのね？　どこの学校？」

「そんなことまで知らないわ」

「確かに清掃してたんだな」

と、淳一は肯《うなず》いて、「デザートは何がいい？」

「プリン・アラモード！　ついでにコーヒーも付く？」

——遠藤小百合に、このアルバイトを紹介していたのは、真弓も顔ぐらいは知っている「組」の若手だった。

「締め上げてやる」

と、真弓は張り切っている。「殺された男のことも分るかもしれないし」

「どうかな。この手の仕事は、お互いあまり正直には言わないもんだ」

と、淳一はコーヒーを飲みながら、「もうこんなアルバイトはやめろよ」

と、小百合に言った。「自分が殺されかねないぞ」

「怖い」

と、小百合は亀の子よろしく首をすぼめたが、

「——ね、お願いが」

「何だ？」

「私、ティラミスってデザート、食べたことないの。名前だけ知ってて。いつか食べてみたいと思ってた」

「ここはイタリアンの店だから、ティラミスならあるだろ。しかし——」

「お願い！」

「他にも何か思い出したらね」

と、真弓が言うと、

「あのおじさん、たぶん……〈星の教室〉って所で働いてたみたい」

真弓が啞然《あぜん》として、

「どうしてそれを――」

「今、思い出したの！」

と、小百合はあわてて言った。「『ティラミス』と〈星の教室〉。何となく似てるでしょ？」

「全然似てない！」

と、真弓は小百合をにらみつけた……。


「事務長さん、お電話です」

と呼ばれて、谷口良子《たにぐちりょうこ》はちょっと頭を振ってから、

「どこから？」

と訊いた。

「東京の――警視庁の人だそうです」

「警視庁？」

〈星の教室〉で、事務長として運営を支えている谷口良子は、少し緊張した面持《おもも》ちで受話器を上げた。

「お待たせいたしました。〈星の教室〉の――」

「責任者の方ですね」

と、女性の声が遮《さえぎ》った。「警視庁捜査一課の今野といいます」

「はあ、何か――」

「そちらの学校で、廊下の清掃をしているのは何という人ですか？」

「は？　用務員のことでしょうか？」

「六十ぐらいの男性ですか？　今、東京にいる？」

「ちょっとお待ちを」

と、谷口良子は若い事務員に、「高畑《たかはた》さん、お休み？」

「あ、そうなんです。一昨日からお休みで。でも、今日は来ると言ってたんですけど、来ていません」

「何か連絡は？」

「ないんです。ケータイにかけたけど、つながらなくて」

「東京に行くと言ってた？」

「ええ、何だかそんなことを……。詳しくは知りま

せんけど」

「そう。――もしもし、失礼しました」

と、良子は言った。「おそらく、高畑のことだと思いますが」

「そうですか」

「あの――高畑にご用でしょうか」

「いえ、用があるというわけではなくて、殺されたんです」

アッサリ言われて。良子はポカンとしてしまった。

「あの……殺された、と？　高畑が、でしょうか？」

事務室の中が一瞬静まり返った。

「身許《みもと》の確認をお願いします」

「はい、それはもう……」

――電話を切って、良子は何度か深呼吸をした。

「事務長さん……」

「東京へ行ってくるわ。この目で確かめないと」

良子は立ち上って、「もし本当なら……」

「あの……奥さんに知らせますか？」

「待って。私が確認してからにするわ。――でも、本当なら……伸子《のぶこ》さんが行かなきゃいけないのね。でも……」

良子が呟いてると、事務室の戸がガラッと開いて、

「おはようございます！」

と、元気よく言ったのは、まだ二十代の若々しい女性で、「谷口さん、うちの主人、ゆうべ帰って来なかったんですけど、東京の仕事が長引いてるんでしょうか？」

「伸子さん。あのね……」

谷口良子は、どう言ったものか分らず立ち尽くしていた。

3　失われた一夜

「確かに――」

と言いかけて、谷口良子は言葉を呑《の》み込んだ。

私が言うことではない。ここに、妻がいるのだから。

高畑伸子は、冷たい台の上に横たわっている死体の顔を、じっと見下ろしていた。

「――いかがですか?」

と訊いたのは、今野真弓だった。「ご主人に間違いありませんか」

伸子はフッと我に返ったように真弓を見ると、

「たぶん」

と言った。

「それは――はっきり分らないということですか?」

「表情がないんですもの。笑っても怒ってもいない。目も開けてない。こんな夫を見たことがありませんから」

「伸子さん」

と、谷口良子が伸子の肩にそっと手を置いて、

「確かに高畑さんよ」

「ええ。――たぶん」

と。伸子はくり返した。「でも双子の兄弟かもしれないわ」

「そんなことが――」

「分ってます！」

と、伸子は突然激しく言った。「これは夫です。でも信じたくない。他人の空似《そらに》かもしれない」

伸子の頰を、涙が一粒、落ちて行った。


「泣いたわね。私もあのとき」

と、真弓は言った。

「ずいぶん若い奥さんだな」

と、淳一が言った。

車は郊外の道を走っていた。運転しているのは道田刑事だ。

「そうね。殺された高畑哲《てつ》さんは六十一歳、妻の伸子さんは二十八歳」

「何か特別な事情があったのか？」

「〈星の教室〉の事務長の谷口良子って人から聞いたところでは、伸子さんが十四、五のころに両親が離婚したんですって。で、どっちが引き取るかでもめて……」

「なるほど」

「でもね、普通に考えたら、お互いに自分が引き取りたいって主張してもめるでしょ？　この場合は、どっちも相手に『引き取れ』って言って、もめてたの」

「何だ。二人とも引き取りたくなかったのか？　それは可哀そうな話だな」

「ねえ。それで伸子さんは一人で家出してしまい、年齢を偽《いつわ》ってホステスをしてたの。その店に、たまたま高畑さんが行って、どう見ても、まだ子供だっていうんで、自分が引き取ったんですって。それから十何年かたって、結婚したわけね」

「それじゃ、ショックだな。夫と父親を兼ねたようなものだ」

「本当よ。伸子さんがすっかり気落ちしてしまって……。心配だわ」

そう言って、真弓は、「あなた、伸子さんの面倒をみるとか言い出さないでね」

「そんなことはしないよ。だが、彼女が何か早まったことでもしないか気にはなるな」

「それもそうね」

と、真弓は眉を寄せて、「見張りを付けといた方がいいかしら」

「ボディガードの必要はないだろうが、ときどき電話してみるくらいはしてやったらどうだ?」

「了解よ。ただ——夫の高畑さんが、あんなホテルで女子大生を買春してたっていうのが……。死なれただけじゃなくて、そっちのショックもあるわよね」

「あれはどうも不自然だな」

と、淳一が言った。「大体、用務員の高畑さんが、あんなホテルにどうして?」

「それを訊いてみるのよ。〈星の教室〉の後援者にね」


今、三人の車が向っているのは、南田秋子の屋敷である。——〈M商会〉オーナー社長。

そして、唐沢ゆかりを養子にして、今話題だ。

「間もなくです」

と、道田が言った。

深い林の中を抜けて行くと、突然広々とした視界が広がり、美しい芝生の向うに洋館がそびえて青空にくっきり浮かび上った。

「大きいわね」

と、真弓が言った。

「さすが、〈M商会〉だな」

「私も〈今野商会〉でも作ろうかしら。儲《もう》かる?」

と、真弓は言った……。


「いらっしゃいませ」

広々としたリビングルームに入って来たのは、きりっとした雰囲気のワンピースの女の子だった。

「ゆかりさんだね」

と、淳一が言った。

「はい。元は唐沢ゆかりでした」

淳一は、この空間に、十六歳の少女が無理なく溶《と》け込んでいることに感心した。

少しも肩に力が入っていない。自分を囲む世界が、大きく変っているだろうが。

「警視庁捜査一課の今野真弓」

と名のって、「南田秋子さんとお約束が」

「はい、承知しています。五分ほどお待ちいただくように、母から言いつかって来ました」

小間使《こまづかい》のスタイルの女性が、真弓たちにコーヒーを運んで来た。

「いい香りだ」

と、淳一は言った。

道田はリビングの広さに目を丸くして、中をキョロキョロ見回している。

ソファにかけると、ゆかりは、

「あの……高畑さんが亡くなったって、本当なんでしょうか」

と訊いた。

「その件で、お話を伺いに来たのよ」

と、真弓は言った。「高畑さんのことは――」

「ええ、それはもう……。何でも頼みを聞いてくれる、やさしい人でした」

と、ゆかりは言った。「私が夜中に学校を脱《ぬ》け出しても、叱《しか》ったりせずに、笑って見ていてくれて」

と、深く息をついて、

「殺されたなんて……。仲子さんと、仲良くしてたんです」

「そうそう。仲子さんが、今日私たちがここへ伺うって話をしたら、あなたのことを言っていたわ」

「そうですか？　私――心配してたんです。あの学校では、いつもはみ出してたので、こんなことになって、どう思われてるのか、って」

「君が元気でいるか、気にしていたよ」

と、淳一が言った。「できたら、ご主人のお通夜にでも来てほしいと」

「ええ、必ず！　――でも、何て慰《なぐさ》めていいのか……」

と、ゆかりは、ちょっと涙ぐんだ。「事情は聞いています。まさか高畑さんが、あんな……」

そこまで言ったとき、

「お待たせしました」

と、声がして、南田秋子がリビングに入って来た。

一見したところ、ごく普通の、どこにでもいそうな「おばさん」である。小柄で、着ているものも地味だ。

それでも、ソファにゆったりと身を委《ゆだ》ね、軽く脚を組んで寛ぐと、何だかその小柄な「おばさん」が、ひと回り大きくなったように見えた。

これはなかなかの人物だ、と淳一は思った……。

「――話は伺いました」

と、南田秋子は言った。「ですが、用務員の高畑さんがどうしてそんなホテルで殺害されたのか、私にも見当がつきません」

「確かに不自然な出来事です」

と、真弓は言った。「ただ、こうして伺ったのは、あのホテルのスイートルームの代金が、〈M商会〉から振り込まれていたからです」

南田秋子は、ちょっと眉を上げて、

「まあ。――そんなことが」

「覚えはありませんか」

「ご存じでしょうが、〈M商会〉はかなり大きな企業です。会社名での振り込みも、毎日、何百何千とあるでしょう。――誰が振り込んだか、調べさせます。少しお時間をいただければ」

あくまで礼儀正しい口調だった。

小間使が、チョコレートのデザートを運んで来た。

淳一は一口食べて、

「これはみごとですね。ベルギーのデザートですか?」

「よくご存じですね」

と、秋子は微笑んだ。

「こんなのばっかり食べてたら、アッという間に太っちゃうよ、お母さん」

と、ゆかりが言った。

「お二人のご縁については、色々噂が飛び交《か》っていますね」

と、淳一はコーヒーを飲みながら言った。

「ええ、中にはとんでもない話も」

と、秋子は苦笑して、「ゆかりちゃんが私の隠し子だ、と書いた週刊誌も。でも、本当の子供なら、何も隠しておく必要なんかないでしょ? 私は独身ですし」

「でも私と似たところあるよ、お母さん」

と、ゆかりが言った。「一人で夜中に散歩に出たりね」

「では、本当なのですか? 夜中の外出中に、南田秋子さんが発作を起こされて――」

「私が会社の人に知らせたんです」

と、ゆかりは言った。

「この子は、会社の者たちに知らせるために、車の上に飛び下りたんです! 本当にとんでもないことを考える子で」

秋子は愉快《ゆかい》そうに言った。

「他に車を止める方法を思い付かなかったのよ」

と、ゆかりは言った。

「決断力があるのは血筋かな」

と、淳一は言った。

「赤の他人でも、似たところはあるものですわ」

と、秋子は言って、「――ちょっとお待ちを。もしもし」

と、ケータイに出た。

ひと言命じておいた、振込みの件についての返答が来たのだった。

「まあ、本当に？　――分ったわ。ご苦労様」

秋子は通話を切ると「調べさせましたが、ホテル代を振り込んだのは、〈星の教室〉から依頼があったからだそうです」

「〈星の教室〉の誰の依頼で？」

と、真弓が訊いた。

「それがよく分らないそうです。いつも私が〈星の教室〉に頼まれて出費しているせいで、特に深く考えることなく振り込んでしまったと」

「そうですか……。では、なぜホテルに高畑さんが泊って、しかも女子大生を呼ぶことになったのかは分らないのですね」

「そうですね。私も、高畑さんのことは知っていますが、そんなことをするような人では……。特に若い奥さんがおありなのに」

「それは〈星の教室〉で調べることになるでしょう」

と、真弓は言った。

「それでは、ゆかりちゃん。こちらの刑事さんと一緒に、〈星の教室〉へ行って、調査に協力してあげなさい」

と、秋子が言った。

「はい。お母さん」

「ゆかりちゃんは、〈星の教室〉の理事になっています。学校のことは詳しいでしょうし、何かお役に立てれば」

「何でも言いつけて下さい」

と、ゆかりは言った。


車で南田邸を後にしたのは、なおしばらくしてからだった。

「なかなか興味深い人たちだな」

と、淳一が車の中で言った。

「あのデザートは最高でしたね！」

道田は専《もっぱ》ら甘いものに感動している。

「明日、〈星の教室〉へ行かなきゃ」

と、真弓は言った。「あなたも連れてってあげましょうか？」

「俺は遠慮しとく。仕事の打合せがあるんだ」

「あら、珍しいわね」

「そりゃないだろ。俺だって忙しいことはあるんだ」

「そうね。私が殺されてもちゃんと生きて行ってよ」

「真弓さん！　そんなことを、冗談でも言わないで下さい！」

ハンドルを握った道田が、本気で怒っている。

「万一のときは、僕が真弓さんの代りに死にます」

「まあ、そんなことにならないように祈ってるぜ」

と、淳一は苦笑して、「しかし、〈星の教室〉はただの学校とは思えないな。あの南田秋子にしても……。大体どうして夜中に一人で歩いてたんだ？」

「その説明はなかったわね」

「それに、殺された高畑って用務員だ。どう考えても、初めからあそこにいるはずじゃなかっただろう」

「つまり――誰かの身替りになったってこと？」

「おそらくな。プロの殺し屋は、相手がどんな人間なんて気にしない。パッとしない年寄りでも、あのスイートルームにいる男を殺すのが仕事だったんだろう」

「ハイヒールにロングドレスの殺し屋ね。あの日はパーティがいくつもあって、調べがつかないわ。それにパーティの出席者らしい格好をしてれば、エレベーターに乗ったって、誰も怪しいと思わない」

「ともかく、〈星の教室〉をよく見て来るんだな。――道田君も、そこの生徒たちに話しかけて、学校のことを訊き出してくれ」

「もちろんです！」

「あなた、ずいぶん気にするのね」

「まあな。何かピンと来るものを感じたんだ。あの南田秋子に。そして、娘のゆかりにもな」

淳一はそう言って、「高畑伸子に連絡してみちゃどうだ？」

「え？　ああ、そうだったわね」

と、真弓はケータイを取り出して、「あなたが慰めてあげた方がいいんじゃない？」

と言いつつ、伸子のケータイへかけた。

「――出ないわね。昼寝でもしてるんじゃ……。もしもし？」

何か、かすかに聞こえる。真弓はスピーカーモードにして、

「もしもし！　伸子さん？　今野真弓ですけど」

少し間があって、

「今野さん……。すみません……」

と、かすれた声がした。

「何を謝ってるの？」

「お手数を……。もう一つお葬式を出していただくことに……」

「おい！　どうした！」

と、淳一が大声で呼びかけた。「薬を服《の》んだのか？」

「もう……眠くて……。このまま……目を覚まさないと……」

淳一は、

「道田君！　彼女の泊ってる所が分るか？」

「ビジネスホテルです。番号は聞いてあります」

「すぐホテルへ電話して、部屋へ行かせろ。救急車

も手配しろ」

「分りました！」

道田が車を停めて、ケータイを取り出す。

「伸子さん！　眠るな！　聞こえるか？」

と、淳一は言った。「死んじゃいけない！　分るか？」

「でも……待ってるんです。主人が……」

と、喘《あえ》ぐような息づかいで言った。「私も行って一緒に……」

「いけない。亡くなったご主人は、君に生きててほしいと思ってる」

「でも……そんなこと……」

「君がご主人の確認をしてる映像を見たよ。君は気付いてるだろ？　自分が身ごもってることに」

「え……。私が、ですか」

聞いていた真弓もびっくりした。

「僕の目にはそう見えた。ちゃんと検査してもらうんだ！　もしお腹にご主人の子がいれば、君はご主人とまだつながっているんだ」

「ああ……。そうでしょうか……。私も、もしかしたらと思ったんですけど……」

「きっとそうだ。いいかね、ホテルの部屋だろ？　ドアを開けて。すぐ救急車が来る。お腹の子を守るんだ。君にはその責任がある」

「ええ……。でも、もう私……力が入らない……」

向うでドアの開く音がした。

「今、救急車が下に」

と、男の声がした。「すぐ来てくれますよ」

「でも……恥ずかしいわ……。私、パジャマなの……」

バタバタと救急隊の到着する音。

真弓は、ケータイで状況を説明した。

「至急搬送します」

「よろしく」

「あの……今野さん……。ご主人様にお礼を……」

と、伸子は少ししっかりして来た声で言った。

「私……お腹の子を守って行きます……」

「ああ、そうしなさい」

「ありがとう……ございます……」

——一段落すると、

「あなた、本当に彼女が身ごもってると?」

「映像で見たとき、直感的にそう思った」

と、淳一は言った。「病院へ直行するか」

「そうね」

と、真弓は道田へ命じてから、「あなた、いつから産婦人科にも詳しくなったの?」

と訊いた。

4　命の問題

「本当に……。何と言って感謝すればいいんでしょう」

と、高畑伸子は涙ぐみながら言った。「あなたは命の恩人です。私と、お腹の子、二人の」

「勘《かん》が当って良かった」

と、淳一は微笑んで、「スーパーマンみたいなレントゲンの眼は持ち合せていないのでね」

「どうして分ったのかしらね」

と、真弓は少々疑問を抱いている様子で言った。

「前に、女の子を……」

「よしてくれ。ただの直感だよ」

と、淳一は強調した。

下手《へた》をすれば、真弓に射殺されかねない……。

「本当に、お腹に赤ちゃんがいると分って、私、生きる希望が湧《わ》いて来ました」

「それは良かったわね」

と、真弓は言った。「また〈星の教室〉に戻るの?」

「ええ。あそこで、主人の代りに働こうと思います」

「無理をしちゃいけないよ。体を大切にするのが第一だ」

「はい。よく分っています」

——救急車で病院に運ばれた伸子は、それほど大量の薬を飲んでいたわけではなかったので、数日の入院ですむと言われていた。

そして、検査で妊娠の事実が確かめられたのである。

「ところで、こんなときに訊くのも、なんだけどね……」

と、真弓が言った。「ご主人が殺された件を調べてるの」

「はい。分っています」

ベッドで、伸子は答えた。「でも、どうしてあんな高級ホテルに泊っていたのか、見当もつきません」

「東京へは出張だったの?」

「そう言っていました。でも、一日二日で帰ると言ったんですが」

「私たちの考えではね」

と、真弓が言った。「ご主人は、誰かの代りに、あそこに泊ることになったんだと思うの。そして、犯人は、本来別の人間を殺すことになっていたんじゃないかと」

「まあ……。でも、一体誰の代りに?」

「その人物に心当りは?」

「さあ……。私も、あの〈星の教室〉以外の世界はほとんど知らないので」

と言ってから、伸子は、「それじゃ、客室に女子大生を呼んだのも、主人じゃなかったということですか?」

「その可能性もあるわね。でも——」

「良かった!」

と、伸子は大きく息をついて、「主人がそんなことするわけない、って……。でも、実際に女子大生がいたんですものね。それが他の人と間違ってのことなら……」

それでも、あの女子大生、遠藤小百合の話では、高畑は彼女を帰しはしなかったわけだが。——まあ、仲子が喜んでいるのだから、そのままにしておけばいいか、と真弓は思った。

「ご主人は、誰かについて東京へ来たんじゃないの？」

と、真弓は訊いた。

「さあ……。そうは言っていませんでしたが」

「どういう仕事で行くとか……」

「それも聞いていません。用務員の仕事は色々あって、細かい内容はよく知らないんです」

「分ったわ。〈星の教室〉へ行って、訊いてみましょう」

死体の確認のために、仲子と一緒にやって来た事務長の谷口良子は、先に〈星の教室〉に戻っていた。仲子は夫の葬儀《そうぎ》などの手配もあって一人で残っていたのである。

「あの——谷口さんに連絡は」

「伝えたわ」

と、真弓が言った。「しっかり体を休めるように、って。それから入院の費用は〈星の教室〉が持つってことだったわ」

「お礼を……」

「ええ、伝えておくわ」

真弓と淳一は、仲子の病室を出た。

「——しかし、用務員の妻の入院費まで出してくれるとは、親切なことだな」

と、淳一は言った。

「何かあるってこと？」

「分らないが……。高畑の仕事は、普通の学校の用務員とはちょっと違っただろうな」

「その辺も探ってくるわ」

と、真弓は言った。

「そもそも、〈星の教室〉は誰が経営してるんだ？」

と、淳一は言った。

「ああ、調べてみたわ」

——道田刑事の運転する車で自宅へ向いながら、真弓は手帳を開いて、

「ええと……。〈星の教室〉は十年前に私立の寄宿学校としてスタート。学長は星野拓郎《ほしのたくろう》、六十五歳」

「それで〈星の教室〉か」

と、淳一は肯いて、「その星野拓郎ってのは何者だ?」

「それが、まだ調べがつかないのよ」

「聞かない名前だ。——おそらく、ペンネームのような別名じゃないか」

「そうかもしれないわね」

「俺の方でも当ってみる」

と、淳一は言った。「で、学校は中学、高校か?」

「そのようね。でも、六学年合せても五十人くらいのものらしいわ」

「寄宿制というのが気になるな。どういう風に生徒を集めてるのか」

「詳しいことは、あの谷口良子って人に訊いてみるわ」

少しして、淳一は、

「それに、教師についても、調べてくれ」

と言った。

「ええ、もちろん」

「特に、最近あそこにやって来た教師のこともだ」

真弓はメモして、

「何か心当りがあるのね?」

「さあ……。ともかく調査の結果を知らせてくれ」

と、淳一は言った。


「待った? ごめんね」

地下街の中にある広場は、待ち合せの「名所」になっていた。

ベンチに腰かけていたのは、いささか昔風の重そ

うなセーラー服の女の子だった。

「私も、ついさっき来たばかり」

と、少女は言って、立ち上ると、「ね、映画見たいんだけどな」

「いいわよ。珍しいわね」

と、山崎真由子《やまざきまゆこ》はちょっと目を見開いて、「でも――遅くならない？」

「大丈夫。友達の家に泊るって言って来た」

「そう。じゃ、どこへ行くの？」

「昔の恋愛映画やってるの。見たかったんだ」

「じゃ、行きましょ。連れて行って」

「うん。この近くだよ」

先に立って歩き出す娘を、山崎真由子はあわてて追いかけた。

こんなに背も伸びて。――十四歳の安田睦子《やすだむつこ》は、もう身長では母親の真由子を追い越していた。

真由子が特別小柄というわけではないが、睦子はスラリと手足が長く、今通っている中学では陸上部に入っている。

「――まあ、〈哀愁〉？　今どきこんな映画をやってるのね！」

ほとんど姿を消した名画座が、ひっそりとビルの地下に生き残っていた。
五、六十人しか入れない小さな映画館だが、昔懐しい雰囲気があった。
本当は――山崎真由子としては、たまにしか会えない娘と、色々おしゃべりしたいのだが、並んで席についているだけでも幸せだった。

安田睦子は、真由子の元の夫、安田弘太郎《こうたろう》と暮している。離婚したとき、真由子には収入がなかった。

今、山崎真由子は三十八歳。商事会社に勤めて、管理職になっている。

安田は、真由子が娘に会うのを許さなかったのだが、ここ一年ほどは何も言わなくなった。安田が再婚したからだ。

佐知子《さちこ》という三十歳の女性で、真由子は偶然安田と会ったホテルのラウンジで、彼女を見かけていた。

まだ若々しく、四十五歳の安田にとっては新鮮な魅力があったのだろう。——しかし、睦子にとってはなじめない母親で、佐知子の方も他人同士のままでいいと思っているようだった。

映画が始まった。

モノクロの映像。ヴィヴィアン・リーとロバート・テイラーの悲しい恋の物語は、真由子にとっても、思いがけず胸をうった。


「——〈星の教室〉?」

と、真由子は訊き返した。「そこって、寄宿制の学校でしょ」

「うん。来月から編入するんだ」

と、睦子は言った。

「まあ。でも、どうして?」

——睦子の好きな、昔からある洋食屋で、特にこのオムライスが好物だ。

自宅へ帰らないというので、映画の後、二人はゆっくりと食事を取っていた。

「中二からの編入なんて珍しいでしょ。しかも途中で……」

と、真由子は言ったが、すぐに思い当った。

「——佐知子さんの意向ね」

できるだけ非難めいて聞こえないように言ったつもりだが、気持は隠せなかった。

「うん……」

睦子はちょっと曖昧《あいまい》に肯いて、オムライスを食べ続けた。真由子は察した。

「佐知子さんに——子供ができたのね」

睦子は微笑んで、

「お母さん、よく分るね」

「それはね。——じゃ、お父さんは喜んでる？」

「男の子みたいだから、嬉しそうだよ」

「そう……」

歌舞伎《かぶき》役者でもあるまいに、「男の子」を欲しがるものなのか、と真由子は少し呆《あき》れた心持ちがした。

安田弘太郎は、名前の通り長男で、先代からの会社を引き継いでいる。若い妻が「後継者」を産んでくれるのが嬉しいのだろう。

「私も、家にいたくない」

と、睦子が言った。「もう今から『子供部屋』を用意するって言って、ひと部屋、壁のクロスを青に換えたり、ベビーサークルまで買って来て。——これから、生まれるまでずっと見せられるのかと思うと、うんざりする」

もともと、父が再婚してから、睦子は居場所がない感じだったのだ。

「寄宿舎って、面白そうじゃない。私、楽しみなんだ」

と、睦子はオムライスを平らげてしまうと、「ね、プリン・アラモード、食べたい」

いかにも洋食屋らしいデザートである。

真由子は二つ頼んで、

「よく途中で入れてくれたわね」

と言った。

「いくらか寄付したみたいだよ」

と、睦子は言った。

「そう。——お父さんらしいわね」

金で話をつける。それが安田弘太郎のやり方だ。

「お母さん、よく知ってるね。〈星の教室〉のこと」

「え？　ああ……。たまたま仕事で知ってる人が話してたのよ。なかなか入れないってことだったわ」

「そうみたいだね。結構お金がかかるって」

「お父さんが、そんなこと言ったの？」

おそらく、睦子にいてほしくないという佐知子の思いをくんでの話だろう。

「行ってみたの？　〈星の教室〉って所に」

「写真とかで見ただけ。昔の映画に出て来そうな建物だけど、部屋は新しくてきれいだって」

「でも、お友達とか……」

「今、あんまり親しい子はいないの。だから新しい友達ができるのが楽しみ」

「フルートはどうするの？」

　陸上で走るのも得意だが、小学五年生のころからフルートを習い始めて、中学ではブラスバンドに入っていた。

「習ってるよ。でも〈星の教室〉に入ったら習いに行けないね。先生と相談してみる」

「そうね……。山の中だけど、そう遠いわけじゃないわ」

　真由子はそう言ってから、「お母さん、会いに行ってもいいかしら」

「訊いとくよ」

　と、睦子は言って、ちょうどやって来たプリン・アラモードを食べ始めた……。

5　闇の道

「地道が一番」

と、小百合は言った。「でもね……」

「お金にならない、だろ？」

「そうなのよ」

と、小百合はため息をついた。

「だけど、殺人事件なんかに巻き込まれるよりましだろ」

「そりゃそうだけど……」

高畑哲が殺されたホテルのスイートルームで、クローゼットに隠れていた遠藤小百合である。

「あのときのルームサービス、食べそこなった……」

と言いつつ、チェーン店の牛丼を食べている。

「惜《お》しかった！」

カウンターに並んで牛丼を食べているのは三神《みかみ》宏《ひろし》。小百合と同郷の大学生だ。

「幼なじみ同士で、毎晩、牛丼かハンバーガーじゃ、二人一緒に体こわしそうだな」

と、三神宏が真面目な顔で言った。

「私、自分で料理してもいいんだけど、でも材料買ってこしらえてたら、高くつくのよね。牛丼の方が絶対安い」

「そうだよな」

「宏は料理できるの？」

「うーん……。カップラーメンぐらいか」

「料理って言わないでしょ」

母親と二人暮しが長かった三神宏は、大学入学で初めて東京へ出て来て一人暮し。当然、家事などやったことがない。

小百合はときどき宏のアパートに行って、掃除や片付けをしてやっている。といって、二人は恋人同士というわけではない。

時には小百合が宏のアパートに泊ることもあるのだが、そんなときは一組しかない布団に小百合が寝て、宏は長椅子で毛布にくるまって寝る。

ともかく、オムツをしていたころからの付合なので、小さなお風呂から裸で出て来ても、お互い「その気」にならない。

それに、三神宏は、見たところなかなかの二枚目なのだが、一向に女の子に関心がなさそうなのだ。小百合も、そこまでは訊けなかった。

食べ終って、牛丼の店を出ると、

「宏、洗濯物とか、たまってる? 行ってあげようか?」

と、小百合が訊く。

「あ――いいよ。洗濯物はコインランドリー使ってる。すぐ近くに見付けたんだ」

と、宏は言って、「じゃ、俺、これからバイト」

「私の働き口ないか、訊いといて。それじゃね」

二人は夜道で別れた。

小百合のアパートまでは歩いて二十分ほどだ。幸い、そう風もないので、寒くはなかった。本格的に寒いと、コートが薄手のしか持っていないので困るのだ。

ゆるい上り坂が続く。真夏には毎日汗だくになってアパートへ辿《たど》り着く。

ほとんど店らしいもののない道で、街灯も少ないので暗い。ところどころに、〈痴漢《ちかん》に注意!〉という立て札が、古くなって壊れたりしている。

「〈注意！〉ったってね……。どうしろっていうのよ」

でも、小百合はあのホテルで、すぐ近くで人が刺し殺される経験をしているのだ。何となく、周囲を見回したりしながら、アパートへの足取りを速めていた……。

――小さな公園があって、そこだけポカッと明るい。

公園といっても、古びたブランコと砂場という、今どきこんな所で遊ぶ子がいるのか、と思える、クラシックな公園。むろん、今は誰もいない。

いや――公園の奥にベンチが一つ。そこに男が一人、腰かけていた。

黒っぽいコート。そしてソフト帽をかぶっているので、顔は見えない。

こんな時間に、こんな所で何してるんだろう？

見ないようにして、足取りを速め、その公園の前を通り過ぎようとした。

ベンチの男がパッと立ち上ると、

「止まれ」

と言った。

「――え？」

他に誰もいなかったが、「私、ですか？」

「遠藤小百合だな」

押し殺した声。――どうも、あまり仲良くなりたくない相手のようだ。

「私、急ぐんで」

と、歩き出そうとすると、

「死にたいか？」

男の手に拳銃が握《にぎ》られていた。――これって、夢じゃないの？

「何ですか？　私、お金なんか千五百円しか持ってません」

本当は、牛丼を払って千百円になっていた。こんなときに見栄を張ってもしょうがないが。

「訊くことがある」

と、男は言った。「殺人犯を見たのか」

「あの……何の話ですか？」

「分ってるんだ。あのスイートルームにいたな」

「え……。あのことですか」

「殺人犯を見たか」

正直に答えるしかない。ロングドレスとハイヒールだけ見た、と答えた。

「顔は見なかったのか」

「見えなかったんです。クローゼットの中にいたので……」

「そうか」

と、男は言った。「それなら死んでもらう」

「そんな……。見てないんですよ！　それでどうして――」

焦ったが、一対一で、周囲に人の姿はない。

逃げる？　でも――小百合は自慢じゃないが、走るのは遅い！

だがそのとき――本当に突然、夜道の先から、強いライトが小百合たちを照らした。

車が走って来た。男は公園の中へ駆け込むと、ベンチの奥の柵を身軽に飛び越えて姿を消した。

車は小百合のすぐそばで停り、

「乗りなさい」

と、女の声がした。

「あの……」

「撃《う》たれたい？　まだその辺にいるわよ」

車の中を覗いて、

「あ、刑事さん」

真弓だった。「――助かりました！」

真弓は後部座席にいて、ドアを開けた。

小百合があわてて車に乗ると、

「夜食はまだお腹に入るかい？」

と、運転席で淳一が言った。

「はい！　充分余裕があります」

「呑気《のんき》ね」

と、真弓が笑って、「殺されそうになったのに」

「あの――」

「ちょっと訊きたいことがあるの」

と、真弓は言った。「〈星の教室〉のことでね」

「あのとき、殺された人が働いてた……」

「そう。何か知ってるでしょ。ともかく車を出して」

車が滑《なめ》らかに走り出した。


「よく食べるわね」

と、真弓が呆れて言った。

こと、食欲にかけては人後《じんご》に落ちない真弓にそう言わせる遠藤小百合も大したものである。

「だって……私、貧乏なんですもの！」

小百合は〈スペシャルハンバーグ〉をせっせと食べながら、ライス代りのオムライスもどんどん減らしつつあった。

「普通、夜食っていうのは、夕食をしっかり食べて、夜遅くなって、ちょっと小腹が空いたときに食べるものよ」

と、真弓は言った。

「まあ、好きなだけ食べるさ」

と、淳一が笑いながら言った。「若い胃袋は底なしだな」

見る見る間に、二つの皿はきれいに空になり、小百合は大きく息を吐いて、

「ごちそうさまでした！」

と、お腹の辺りをさすった。

「じゃ、話に入りましょうか」

と、真弓は座り直した。

「――何の話でしたっけ?」

「言ったでしょ。〈星の教室〉についてよ」

「あ、そうですね! で……。どういうお話なんですか?」

「あなたが話すのよ。〈星の教室〉について知ってることを」

「え……。私、何も知りません。ただ、あの殺された人から、〈星の教室〉って名を聞いただけで」

「あら。それじゃ、夜食をおごってあげられないわ。ちゃんと自分の分は払ってってね」

「待って下さい! そんな……」

小百合は焦って、「私、お金、持ってません」

「じゃ、無銭飲食で逮捕だわね」

「そんな殺生《せっしょう》な……」

淳一が微笑んで、

「本気じゃない。大丈夫だ」

と言った。「ただし――」


「ここはおごってあげる。だから〈星の教室〉を調べて」

「私が? どうやって?」

「考えなさい。それぐらい。――でも、一応こちらでお膳立《ぜんだて》はしてあるわ」

「どういう……」

「ちょうどね、〈星の教室〉で事務員を募集してるの」

と、真弓は言った。「内部へ入り込んで、〈星の教室〉の秘密を探《さぐ》ってちょうだい」

「就職するんですか? 私、まだ大学生ですけど」

と、小百合が抗議する。

「許す! 休学しなさい」

「え……。両親に何て言えば?」

「退学になりそうな悪さをしたので、代りにボランティア活動をさせられるってのはどう? 説得力あるでしょ」

と、真弓が得意げに言うと、

「そんな――ひどいですよ！　こんな真面目な学生をつかまえて」

小百合が口を尖らして言った。

「あのね、殺人現場のホテルで、何する気だったの？」

「それは……」

「ご両親に報告してもいいの？」

「それは勘弁して！」

小百合は情ない顔になって、「分りました！　でも、私、仕事なんてどうすりゃいいのか分りません」

「行けば何とかなるわよ」

と、真弓は請け合った。

「いや、君のその度胸と知性を評価してのことだよ」

と、淳一が言ったので、小百合はあまりの評価の違いにますますわけが分らなくなってしまった。

淳一は続けて、

「高畑哲さんは、おそらく他の誰かと間違って殺されたと考えているんだ。〈星の教室〉に、その事情を説明出来る秘密が隠されているかもしれない」

「私が、そんなこと調べるんですか？　それって、刑事さんの仕事でしょ？」

「そういうことを言うのなら、当分留置場で楽しく過してもらうわ」

「取り消します！」

と、小百合はあわてて言った。

「本気で頼んでるんだ。――君はさっきも殺されかけた。あの男が〈星の教室〉と係りあったかどうかは分らないが、その可能性はある」

「それじゃ、私、今度こそ殺されるかも」

「安心して」

と、真弓は言った。「あなたが殺されたら、必ず犯人は捕まえてやるから」
小百合は、もう何も言えなかった。

6　教師

「やあ」

と、その紳士は言った。「君は新入生？」

「はい」

と、少し緊張して、「安田睦子です」

「よく来たね」

と微笑んで、「そう固くなる必要はない」

スッと睦子のスーツケースを持ってくれる。

「僕はまだ〈星の教室〉に日の浅い教師で、都亮一というんだ」

名前を聞いて、睦子は背筋を伸した。

「よろしくお願いします」

睦子はこの小さな駅で、列車を降りたところだった。

駅前に白いバンが停っていて、車体に〈星の教室〉と書かれてあった。その車の前に、渋い色のジャケットを着た男性が立っていたのだ。

「ようこそ、〈星の教室〉へ」

と、都亮一は微笑んで、「じゃ学校までこの車で行こう」

「はい、よろしく」

都が睦子のスーツケースを車のトランクへ入れていると、

「すみません！」

と、声がした。「これ、〈星の教室〉へ行くんですか?」

「そうだけど……」

「乗せていただけます? 私、遠藤小百合といいます。事務室で働くことになってます」

「ああ。——そういえば谷口さんが、そんな話をしてたな。今の列車で?」

「ええ。でも、どうやって〈星の教室〉まで行ったらいいんだろう、って思ってたんです。そしたらこの車が……」

「それはちょうど良かった。君の荷物はそのバッグ? じゃ、このトランクに入れなさい」

「はい! よろしくお願いします」

「さ、後ろに乗って。僕は教師の都だ」

「失礼します!」

小百合は安田睦子と並んで、後部座席に座った。

車が走り出す。

小百合は睦子と互いに自己紹介して、

「あなた、中二って十四歳? いいわね、若くて」と言った。「私なんか、もう二十一。老いの足音が忍び寄ってるわ」

睦子がふき出して、

「それじゃ、私ももう大人ですね」

「十四はまだ子供よ。お酒が飲めて本当の大人。あなたも十六で飲んだら、それで大人」

「おいおい」

運転しながら都が苦笑して、「教師に聞こえるところで、そんな話はやめてくれ」

「はい!」

小百合が肩をすくめて、「聞こえないようにしゃべります」

「面白い人ですね、小百合さん」

「そう? 人からはよく言われるわ。『真面目がスカートはいてる』って」

「君は〈星の教室〉に向いてそうだ」

と、都は言った。「坂を上り切った所が学校だ。まずは空気になじんでくれ」

門扉が開いて、車は中へ入って行った。


「わざわざどうも……」

と、高畑伸子は小さく頭を下げた。

高畑哲の告別式である。——都内の斎場を借りて行われていた。

しかし、もともと身寄りのない伸子。高畑哲の方も、ろくに親戚付合がなかったようで、告別式は閑《かん》散《さん》としていた。

だが、伸子はそんなことなど気にしていなかった。夫を失った悲しみと、その子を身ごもっているという嬉しさで、ふしぎな気持だった。

そこへ、〈星の教室〉の事務長、谷口良子がやって来たのである。伸子はびっくりした。

車で来ても、東京まで出て来たら一日仕事である。

「伸子さん、大丈夫？」

と、焼香を終えてから、遺族席に一人ポツンと座っている伸子へ、谷口良子はそっと声をかけた。

「学校の方が忙しくて、何もしてあげられなかったわ。ごめんなさいね」

と、良子に言われて、

「いえ、とんでもない」

と、伸子は恐縮した。

「事務室のみんなを代表して来たわ。みんな心配してる。元気を出してね」

「はい。ありがとうございます。あの——」

「残ってるから、後でまたね」

と言って、良子は席に戻った。

読経も終り、

「これをもちまして、告別式を終らせて——」

と、マイクを通した声が響いたとき、

「ちょっと待って下さい」

と、声がした。「遅くなってすみません。ご焼香させて下さい」

谷口良子が振り返って、

「まあ、ゆかりさん」

と言ってから、「失礼しました。南田ゆかり様」

黒のスーツのゆかりは、十六歳にはとても見えなかった。大人びた落ちつきがある。

焼香をすませると、ゆかりは伸子の方へやって来て、

「〈星の教室〉の理事会を代表してうかがいました」

と、言った。

「恐れ入ります」

と、伸子はつい立ち上っていた。

「名目はそうだけど、私は高畑のおじさんに散々迷惑かけたもの。ぜひ来たかったの」

「ありがとう、ゆかりさん」

と、伸子は涙を拭《ぬぐ》った……。


「まあ！　赤ちゃんが？」

良子とゆかりが、伸子の言葉に、同時に声を上げた。

「そうなんです」

伸子は真赤になって、「事務長さん、私、学校で働かせてもらえないでしょうか」

「そうね……。いいわ、上の方に訊いてみましょう。私の一存では決められないけど」

「理事としては大歓迎です」

と、ゆかりが言った。

「ゆかりさんが味方なら、負けないわね」

と、良子が微笑んだ。「でも、仕事より、まず赤ちゃんを産むことの方が大切よ」

「ええ。それはもう……」

「でも、いつ分ったの？」

と、ゆかりが訊いた。

「それが……。私、絶望して死のうとしたんです。薬を服んで」

「まあ！」

「でも、そのときに助けてくれた方がいて。その人が、私が身ごもってると察してくれたんです。本当に……ふしぎな人で」

と、遠くを見るように言ってから、伸子は、

「ゆかりさん、今学校には？」

「ええ、南田の家と〈星の教室〉を行ったり来たりしているの。本当はちゃんと卒業したいんだけど、南田の母からは、〈M商会〉について勉強してくれと言われてる」

「それで、すっかり大人になっちゃったのね」

「照れるわ。こんな格好してると窮屈《きゅうくつ》で」

と、ゆかりはちょっと笑った。

――告別式も終り、三人は斎場の近くのティールームに入っていた。

伸子の傍《そば》には、夫の遺骨が置かれている。

良子のケータイに着信があった。

「メールだわ。――都先生だ」

「ちょっと渋くて、すてきなおじさまよね」

と、ゆかりが言った。

「確かにね。私の初恋の人とよく似てる」

という良子の言葉に、明るい笑いが起きた。

「今日、新入生があるの」

と、良子が言った。「都先生にお迎えを頼んでおいたのよ。無事学校に着いたと」

「学年途中の編入って珍しいですね」

と、伸子が言った。

「安田睦子さんっていうの。中学二年生。何か事情があるようね」

事情といっても、寄宿制の〈星の教室〉に入学して来るのは、経済的には充分余裕のある子たちだ。

「お金だけでは解決できない悩みがあるのよね、こ

の世には」

良子が、ちょっとしみじみと言った。そして腕時計を見ると、

「もう出ないと。向うに着いたら夜だわ」

と、ゆかりが言った。「車がありますから。ホテルでしょ?」

「伸子さんのことは、私が」

「ええ。でも——」

「〈M商会〉の車だから心配しないで」

と、ゆかりは言った。

一足先に、良子はティールームを出ると、駐車場の自分の車へと向った。運転は苦ではない。

運転席にかけると——。

「やあ」

と、背後に男が顔を出して、良子は、

「キャッ!」

と、思わず声を上げた。「——何なのよ! びっくりさせないで」

「まるで気付かなかった?」

「それはそうよ。まさか駐車場の車に……。どうやって入ったの?」

「軽いもんさ。今日、例のホテルで殺された奴の葬式だったんだろ。遠くから見てたぜ」

「もう……。こんな所に停めとけないわ。——何の用なの。秀男《ひでお》?」

「何か食わしてくれよ。ゆっくり話そうよ、母さん」

皮肉っぽい笑みを浮かべた男は、良子と似ていた。

「分ったわよ。じゃ——ともかくここを出ないと」

良子は車を出した。

「せっかく久しぶりで一緒なんだ。ちょっといい店に連れてってくれよ」

と、谷口秀男は言った。

「勝手ばっかり言って……」

と言いつつ、良子の口もとには笑みが浮んでいた。

「どこか、ホテルのレストランに入りましょ」

「いいね。ここんとこ、ろくなワインも飲めてない」

「どこでどうしてたの？　連絡もよこさないで」

「学校へ電話するなって言ってただろ」

「だったら夜にでも――」

「夜は忙しいんだよ。俺は」

と、秀男はニヤッと笑って、「母さんも知ってるだろ？」

「知るもんですか」

と、良子は苦笑して、「どうせどこか女の所に転り込んでるんでしょ」

「あたらずといえども遠からず、ってとこかな」

と、秀男は言って、「今、一緒だったのは、例の南田秋子の養子になった女の子だろ？」

「それがどうかした？」

「別に」

と、秀男は肩をすくめて、「ただ、金のにおいがするな、ってことさ。それも、少々の金じゃない」

「やめて。〈星の教室〉と係らないでちょうだい」

「そこのところを、じっくり話し合おうじゃないか」

と、秀男は言った。「俺、フランス料理がいいな。最近はワインにうるさいんだ」

「好きにしなさい」

と言いながら、谷口良子は久しぶりに会った息子に、少しも本気で怒ってはいなかった……。

「じゃ、今度はシャブリだな」

「かしこまりました」

ソムリエが一礼して遠ざかって行く。

「あんたも、そんなことばっかり詳しくなったのね」

息子の谷口秀男を見て、谷口良子はちょっと笑った。

しかし、少なくともこの一流フレンチのレストランで、浮いて見えないのは、秀男がこういう場に慣れているということだろう。

「しばらく連絡しなくて悪かったよ」

「あんたが、そういう殊勝《しゅしょう》なことを言い出すときは、いつもろくなことがないんだから」

「そいつは母さんの答え次第だね」

「何よ、それ?」

良子はデザートを食べながら、「私が宝くじでも当ったっていうつもり?」

「金のなる木を持ってるだろ? 〈星の教室〉っていう」

良子はまじまじと息子を眺めて、

「あんた、正気なの? 学校経営なんて赤字で当り前。父母やスポンサー企業から寄付金を集めて、やっと成り立ってるのよ」

「表向きはね」

「表も裏もないわ。見ての通りよ」

「母さんが、そんな一文にもならないような商売に手を出すわけないじゃないか」

秀男はまるで相手にしない。

「困った子ね」

「隠すなよ! 〈星の教室〉はカムフラージュ。本業が何なのか。ネットじゃ、色々出てるんだぜ」

「好きに言ってなさい」

と、良子はため息をついて言った。

秀男は、良子が若い日、シングルマザーになって、産み育てた子だ。――どうしても男の子には甘くなる。

高校生のころには一人前(?)の不良になって、年中家を空けるようになった。

しかし、至って気が弱いので、そう大したことはできない、と良子は安心していた……。

「一体、今はどうして暮してるの？」

「それがふしぎと食べられるんだ。俺ってさ、何だかお金のある女性にもてるのさ」

「それじゃジゴロじゃないの」

と、良子は眉をひそめて、「地道に働きなさいよ」

「〈星の教室〉で雇ってくれよ」

「何ですって？」

「いいだろ？　教師の資格はないけど、そこは私立だから、何とでもなるだろう？」

良子はしばし口をきけなかった。

7 〈哀愁〉の夜

どうしても、もう一度見たかった。

娘に、こんな小さな「名画座」を教わるなんて。

——山崎真由子は、ついこの間、娘の安田睦子と入った地下の小さな映画館に、また足を踏み入れていた。

まだ中学生の睦子が、半世紀以上も昔の映画のことを知っているのにも驚いたが、真由子の方も、遠い昔にTVで見ただけの〈哀愁〉に再会して、自分でもびっくりするほど感動したのである。

もちろん、今はDVDでも見られるのだが、暗い映画館の固い座席に座って、スクリーンの中へ吸い込まれるような気分を味わうのは、久しく忘れていた喜びだった……。

今夜も客はまばらで、かなり年輩の客が多いようだったが、館内が暗くなり、映画が始まると、他の客のことなど気にならなくなる。

〈哀愁〉は原題〈ウォータールーブリッジ〉。第二次大戦の空襲下のロンドンで出会った名門出身の将校とバレリーナの悲恋物語だ。

日本で菊田《きくた》一夫《かずお》がこれを元に〈君の名は〉というラジオドラマを書いて、日本中の女性たちの涙を誘った。

信じ難《がた》いほどのヴィヴィアン・リーの美しさ。当時最高の二枚目スターだったロバート・テイラーと二人、踊り続けるフロアのキャンドルが一つずつ消されて行き、最後の一本が消されるとき、白々と明けてくるほのかな朝の光の中で二人の唇が重なる……。

これこそ恋愛映画だわ。――真由子は思わずため息をついた。

すると――真由子の目の前の席に男が座った。画面が隠れてしまう。

ちょっと眉をひそめて、真由子は席を一つ横へずれた。

前の男がチラッと振り返って、

「約束だ」

と、小声で言った。

「まだ早いでしょ」

と、真由子は言った。

「のんびりしちゃいられないんだ。早くしてくれ」

「――分ったわ」

真由子はバッグから封筒を取り出すと、前の座席の隙間《すきま》から差し出した。男が素早く受け取って、内ポケットへねじ込むように入れる。

男はホッとした様子で、

「こんな映画のどこが面白いんだ?」

と呟いた。

「あんたには分らないわよ」

「じゃ、行くぜ」

と、男が席を立とうとしたとき、真由子は小型の拳銃の銃口を男の首の後ろに強く押し当てて引金を引いた。

小さな銃声は、映画の音楽の中に埋もれてしまった。

男がガクッと頭を垂《た》れる。

映画の途中で席を立つのは残念だったが、仕方ない。

真由子は静かに立って、映画館を出た。

映画館の中では、もちろんケータイの電源は切ってある。

外へ出ると、真由子はケータイの電源を入れた。タイミングよく、娘の睦子からかかって来る。

「もしもし、睦子。どこから？」

「もう〈星の教室〉だよ」

と、睦子が言った。「寄宿舎の自分の部屋」

「じゃ、無事に着いたのね。良かったわ」

「とってもすてきだよ。建物もこの部屋も、居心地良さそう」

「朝、ちゃんと寝坊しないで起きるのよ」

「大丈夫。いつも一人で起きてたもの」

「そうね。でも――一人だからって夜ふかししちゃだめよ」

「うん。お母さん、一度見においでよ」

「いいの？」

「先生に訊いた。だって、お父さんも佐知子さんも、こんな所まで来るわけないし。前もって知らせてもらえば大丈夫って」

「じゃ、ぜひ一度伺うわ」

「うん、待ってるよ。――今、外なの？」

「ええ。ちょっと映画を見ての帰り。この前、あなたに連れられて〈哀愁〉を見てから、映画館っていいな、と思ってね」

と、真由子は言って、「あ、バスが来るわ。それじゃ、また連絡するわね」

「はい。じゃ、元気でね！」

と、睦子は言ってから、「あ、もし今度来るなら、私に何か服、持って来てくれる？」

「ええ、もちろん！　普段着？　よそ行き？」

「両方」

睦子はちゃっかりと言った。

「任せて。あなたにぴったりのを選んでおくから」

「あ、でも――お母さんが着るんじゃないんだからね。忘れないで」

「分ってるわよ」

と、真由子は笑って言った。

バスに乗る気はなく、真由子はタクシーを停めると、丸の内のオフィス街へと向った。

夜も少し遅くなると、大手企業の多い辺りは、ほとんど人影がなくなる。

ガランとした通りで降りると、四十階建の真新しいオフィスビルの裏手に回る。

〈夜間通用口〉の前で、ケータイを取り出してかける。

「――無事、終りました」

と、真由子が言うと、

「ご苦労だった」

と、男の声が言った。「食事に付合うか?」

「ぜひ。仕事の後はお腹が空いて」

「では、そこで待て」

真由子は、「迎え」が来る前に、使った拳銃をていねいに布に包んで、〈夜間郵便物〉の口の中へと落とし込んだ。

――ひと仕事、終ったのだ。

真由子はビルの谷間から覗く細長い夜空を見上げた……。


「大胆な犯行だわ」

と、真弓が言った。「映画館で、上映中にね」

「今どき、こんな名画座が残ってたのか」

淳一は中を見回して、
と、感心している。「何をやってたんだ?」

道田刑事が、

「ポスターが。〈哀愁〉っていうんですか。哀《かな》しくて、愁《うれ》いのありそうな映画ですね」

「まあ、そうだな。ヴィヴィアン・リーといっても、道田君にゃ分るまい」

「ポスターで見ると、凄く美人ですけど」

真弓がしっかり聞いていて、

「私より?」

「え? とんでもない! 真弓さんは別格ですよ」

「無茶言うな」

と、淳一が苦笑して、「うちの奥さんも、気の強さはスカーレット・オハラ並みだが」

「まあ、私もヴィヴィアン・リーと競《きそ》うつもりはないわ」

と、真弓は言った。「銃声らしいものを聞いたって人もいないし。大体、みんな出てっちゃってから、この男が死んでるって分ったんだから、目撃者もあるわけないわね」

「しかし、プロの手口だな。銃口を押し付けて引金を引いてる」

淳一は、頭を前に垂れた男の死体を眺めていたが、

「——おい、顔を上げさせていいか」

「ええ。写真は撮ったわ」

淳一は男の顔を上向かせると、

「——こいつは、たぶんあの遠藤小百合に銃を突きつけた奴だろう。このコートも見覚えがある」

「やっぱりね! 私もそうじゃないかと思ってたのよ」

と、真弓は言って、男のポケットを探ると、封筒を取り出した。

「中は……。一万円札の大きさに切った白紙の束《たば》だわ」

「報酬を受け取りに来て消されたか」

「でも、小百合ちゃんを殺したわけじゃないのに、報酬?」

「脅しの効果はあっただろうがな」

「——身許の分りそうな物は何も持ってないわね」

と、真弓は肩をすくめた。「道田君、調べといて

ね」

面倒なことは道田に回ってくる。

「待てよ」

と、淳一は言った。「この男が、小百合君を殺そうとしたってことは――」

「この男も〈星の教室〉とつながってる？」

「それはどうかな」

と、淳一は首を振って、「恐らく、プロの殺し屋だろう。――もちろん、そんなのがいるとしてだが」

「でも、腕は大したことない」

「それはたまたま小百合君がラッキーだっただけだよ」

「そうね。あのときは、この男にとっちゃ、ツイてなかったわけね」

「一度でもしくじると消されるか」

と、淳一は考え深げに、「厳しい世界だな」

「泥棒と違って？」

「そうは言わないが……。確かに、泥棒は、しくじりゃ逃げるだけだ」

と、淳一は言った。「しかし、この男、妙なことを言ってたな」

「ああ、小百合ちゃんが、高畑を殺した女の顔を見ていないと言ったら、『殺してやる』と……。逆よね、普通」

「だから、本気じゃなかったってことさ」

「本気じゃなかったのに殺される？」

「もしかすると、小百合君と、我々に顔を見られたと思ったから消したのかもしれない」

「それは気の毒ね。一瞬ライトが当っただけで、顔までは見えてなかったけど」

「ともかく、男の身許だな」

と、淳一は言った……。

「そういえば」

事件現場から遠くないホテルで食事しながら、真弓は言った。「私の〈星の教室〉見学記の話をしてなかったわね」

「行って眠ってたのかと思ったよ」

「失礼ね。そりゃ行く車の中じゃ眠ってたけど」

「道田君の運転は大丈夫だったのか」

「必死で目を開けていたわ」

「それで――〈星の教室〉はどうだったんだ？」

「それが肝心よね！　自慢じゃないけど、手掛りらしいものは発見できなかった」

「それは残念。――何か目についたことはなかったか？」

「お昼の時間になって、学生食堂でごちそうになったわ」

と、真弓は言った。「なかなか食事はおいしかったわよ」

「何をしに行ったんだ？」

「でも、この鋭い眼はね、たとえステーキを食べていても、何も見逃さないわよ」

と、真弓は言った。「それがね――。思いがけない出会いが……」

「〈星の教室〉で、か？」

「そうなの。昼食を、生徒たちと一緒に食べているときだったわ……」

「真弓ちゃんじゃない？」

と、声をかける者がいた。

誰が気安く呼んだのか、と真弓は怖い目になって振り返った。

そこにはコロコロと丸く太った男が、ネクタイをしてファイルを抱えて立っていた。

「どなたですか？」

と、真弓は冷ややかに、「ダルマさんに知り合いはありませんが」

　男は笑って、

「相変らず厳しいね。しかし、確かにあのころと比べても倍くらいになってるからな」

「その声……」

　真弓はちょっと考えて、「もしかして――〈修《おさむ》ちゃん〉？」

「当りだ。只野《ただの》修だよ」

「まあ！　あのころから太ってたけど、でもそういえば……」

「お友達ですか？」

　隣で昼を食べていた道田が訊いた。

「遠い昔のね」

「それほどじゃないだろ。僕は真弓ちゃんの家庭教師だったんだ」

「私にしきりに色目を使ってたわよね」

「おい、生徒たちの前でそういう発言は困るよ。大体、真弓ちゃんは中学一年だったんだぜ」

「修ちゃんも可愛かったわよ」

「家庭教師でも、普通『先生』だろ。あのころから君は〈修ちゃん〉だったからな」

　文句は言いつつ、只野修は楽しそうだった。

「ここで何をしてるの？」

と、真弓は訊いた。

「見りゃ分るだろ。ここの教師だよ」

「まあ――そう見えなくもないわ」

「君は刑事だって？」

「ええ、射撃の名手よ」

「そいつは物騒だな」

「大丈夫。たまにしか引金は引かないわ」

　いい機会だ、と真弓は思った。

　昼食を食べ終ると、真弓は只野修を誘って、〈星の教室〉の中を案内させることにした。

　人は色々あっても、そう変るものではない。〈修ちゃん〉は昔からお人好しで、いつも真弓にからかわれていた。

「――どういう事情でここの先生になったの？」

と、静かな廊下を歩きながら、真弓は訊いた。

「代りなんだ。ある高校で教えてたんだけど、そこで親しくしてた教師が、ここで働くことになったのに、新学期の直前に、交通事故で亡くなってしまってね。息を引き取るときに、僕に代りに行ってくれと……」

「じゃ、予定外だったのね？」

「しかし、教師が足りなくなるというんで、僕はそのまま採用されたのさ」

「そう……」

真弓は肯いて、「私が来たわけは聞いてる？」

「高畑さんが殺された件だろ？　いい人だったのにな」

と、只野は首を振った。

「何か心当りは？　この〈星の教室〉で、高畑さんを恨《うら》んでた人はいなかった？」

「あの人を恨むって……。もう六十過ぎてたしね」

と、只野は眉を寄せて、「何かあるとすれば――奥さんのことかな」

「伸子さん？」

「そう。何しろまだ二十八だろ。高畑さんにはもったいない、とかよく冗談で言ってたよ」

「本気で伸子さんに惚《ほ》れてた人とか？」

「いなかっただろう。伸子さんは、ご主人を本当に頼りにしてたからね」

と言って、只野は、「さ、午後の授業がある。それじゃ、頑張って、犯人を見付けてくれ」

「ええ、任せて」

真弓のその言葉を聞いて、只野がちょっと笑った。

「何かおかしい？」

「いや、あのころから君はいつも自信たっぷりだったからね。『この問題、分る？』って訊くと、『任せて』って言ったもんだったよ」

「そう……だった？」

さすがに真弓も少し顔を赤らめた。

「それじゃ」

と行きかけて、只野は足を止めると、「そうだ。——これは大したことじゃないだろうけど……」

「何のこと？」

「いや、この前、伸子さんが珍しく怒ってたよ。よく聞こえなかったけど、言い寄られて困ってたような……」

「それって、相手は誰？」

「うん……。告げ口するのはいやだけど……」

と、只野がためらう。

「心配しないで。私は刑事としてはとても慎重なのよ」

「それはまあ……。いや、つい最近ここへ来た教師で、都っていうんだ。都亮一だったかな。変った名前だろ？　東京都の〈都〉一字で」

——只野が行ってしまうと、真弓は、

「最近〈星の教室〉にやって来た教師、か……」

と呟いた。

淳一がそんなことを言っていた。

そこへ、道田がやって来た。

「どうしますか？　もう少し調べます？」

「もちろんよ」

真弓は一つ息をついて言った。「生徒たちに話を聞きましょう。女の子は道田君に任せたわよ」

「は……」

道田が愕然《がくぜん》として立ちすくんでいた……。

8 昔の縁

「最近、この〈星の教室〉へ来たんですね」

と、真弓は言った。「どういう事情で?」

都亮一は〈応接室〉のソファにゆったりと身を委ねて、

「色々とご縁がありましてね」

と言った。

「どういうご縁ですか?」

「それはお答えできません」

と、都は即座に言った。「人のプライバシーに係ることですから。ただ、今回の事件とは何の関係もないことは、はっきり申し上げられます」

「私もはっきり申し上げますがね」

と、真弓は言った。「事件と関係があるかどうか決めるのは私です」

穏やかではあるが、きっぱりとした真弓の言葉に、都は口元に笑みを浮かべて、

「面白い。なかなか骨のある刑事さんだ」

と言った。

「小骨が多くて食べにくいですよ」

と、真弓は言い返して、「はっきり話して下さい」

少し間を置いて、

「――分りました」

と、都は肯いた。「実は政治家絡《がら》みのことなので、話しにくかったのです。公表してもらわないでいた

だきたい」

「それも私の判断することです」

と、真弓は言った。「ただし、必要もないのに情報を洩《も》らしたりしません」

「そう願いたいですな。私を〈星の教室〉へ紹介して下さったのは、現大臣、間広太郎《はざまこうたろう》氏です」

「間広太郎？　文部関係ではないですね？」

「元は文部官僚です。今は――」

「確か防衛大臣」

「そうです。この〈星の教室〉設立にも係ったと伺っています」

「その大臣と、どういう関係が？」

「単純です。父が知り合いで」

「そうですか」

真弓はメモを取ると、「大臣に確認しますが、よろしいですね」

都はちょっと眉をひそめて、

「なぜ私を特別に調べるんです？　他にも先生は何人もいらっしゃる」

「あなたは新任で、着任後、間もなく高畑さんが殺害された、ということです。特にあなたを疑っているわけではありません」

と、真弓は淡々と言うと、「結構です。必要があれば、また連絡します」

と切り上げ、都はやや冷ややかに、

「失礼します」

と言って出て行った。

穏やかではあるが、内心、腹立たしさを抑えているのはよく分った。

「――なるほど」

真弓の話を聞いて、淳一は肯いた。

「あなたの言ってた、〈星の教室〉に来たばかりの教師って、都のことね？　何か知ってるの？」

と、真弓はデザートを食べながら言った。

「まあな。しかし、今は話さない方がいいだろう」

「あら、人にしゃべらせといて」

「で、都の話の裏は取れたのか」

「間大臣に訊こうとしたけど、秘書にしか連絡できなくて。就職の世話など珍しくないので、いちいち憶《おぼ》えていないと言ってたわ」

「便利な言い訳だな」

と、淳一が首を振って、「おそらく、それ以上は答えないだろう。『秘書が係りましたので』と言われてしまえば、それきりだ」

コーヒーが来ると、淳一は、

「それで、道田君の方はどうだったんだ？　生徒たちの話を聞いたんだろ？」

と言った。

「ええ。男子が三分の一、女子が三分の二って割合なの。面倒だから、全員道田君が話を聞いたんだけど……」

「何か分ったのか？」

「道田君が話を聞こうとすると、女の子たちが、ワアワアキャアキャア言って、お話にならないんですって。しまいには『静かにしろ！』って、さすがの道田君も怒鳴ったそうだけど、女の子たち、おとなしくなるどころか、ますます歓声を上げて大騒ぎになってしまって。改めて訊きに行くわ」

「生徒たちより、むしろどういうコネで入学したかの方に興味があるんだ」

「当ってみるわ。あれだけ子供がいるんだもの、一人や二人、親の話が聞けると思うわ」

すると、真弓のケータイが鳴った。――道田からだ。

「もしもし？　どうしたの？〈星の教室〉の女子生徒からラブレターでも来た？」

「はあ、たった三通ですが」

と、道田は正直に答えて、「あの——夫の捜索願を出している女性が。どうも、映画館で殺された男性と似てるんです」

「分ったわ。死体を確認してもらって」

「それが——レストランでウエイトレスをやっていて、勤務時間があと三十分だと」

「じゃ、迎えに行って。何ていうレストラン?」

「Pホテルの中の〈B〉っていうレストランです」

「〈B〉? どこかで聞いた名ね」

淳一が、コーヒーカップを持った手を止めて、

「おい、ここだ」

「あ、そうか。道理でね。じゃ、当ってみるわ。何て名前?」

「ええと……〈林田照子《はやしだてるこ》〉だそうです。迎えに行きますか?」

「そうね。私たちはもう少しゆっくりして行くから」

「——いいのか?」

「いいのよ。道田君も、こういう高級レストランに少し慣れた方がいいわ」

「それは、食事した場合の話だろ」

するとウエイトレスが、

「コーヒー、お替りはいかがですか?」

と、テーブルの方へやって来た。

「ありがとう。いただくわ。ちょうどお願いしようかと思ってたところよ」

「おい、待て」

と、淳一が言った。「君——〈林田〉というのか?」

「あら、あなた、知り合いなの?」

「そうじゃない! 今、道田君が言って来ただろ」

真弓は、当惑した様子のウエイトレスの胸の名札を見て、

「あら、本当だ」

「君は〈林田〉——」

「林田照子ですが……」

「そうか。偶然だな」

と、淳一は言った。「コーヒーはもういい。少し早く仕事を終らせてもらいたまえ」

ウエイトレスは、わけが分らず立ち尽くしていたが……。

「まさか」

と、真弓は言った。「あの男はどう見ても四十過ぎよ。あなたいくつ?」

「二十二です」

「それじゃ、やっぱり別人よ」

「あの——警察の方ですか?」

「ええ。ご主人の捜索願を出した?」

「出しました」

と言って、ウエイトレスは表情を固くして、

「夫は四十歳です」

と言ったのである。

「夫に間違いありません」

一瞬、間を置いて、林田照子は言った。

「——今回は年齢の離れた夫婦が多いわね」

と、真弓が言った。

林田照子は涙を呑み込むと、

「夫はどうして……」

「それがね、映画館で映画を見ているときに——殺されたの」

そう聞いても、照子はあまり驚いた様子はなく、

「そうでしたか。——やっぱり」

と、肩を落とした。

「やっぱり、って……。何か思い当ることが?」

と、真弓が訊くと、

「夫は普通の人じゃありませんでした」

と、照子は言った。「どんな仕事をしているのか、

訊いても、『知らない方がいい』と言って教えてくれなかったので、きっと違法なことをしているのね、と……」

「そもそも、どこで知り合ったの？」

「夜学の帰り道です。私、中学を出たとき、両親が離婚してしまい、どっちも引き取ってくれなかったんです。で、小さな、トイレも共同のアパートで、十五歳から一人暮しを始めたんです。——何とか高校は出たいと思ったので、昼間は工場で働いて、夜間学校へ通うことに」

と、照子はちょっとため息をついて、「ある晩、帰り道でした。アパートの手前の、とても暗いところで、男の子たちが待ち伏せていたんです」

「それはいわゆる不良たち？」

「ええ、夜学へ入って来て、すぐやめてしまった男の子たちでした。——『付合えよ』と言われて、無理やり引張って行かれそうになったんです。そのとき、あの人が……」

「ご主人のこと？」

「ええ。凄く強くて、五、六人をアッという間にのしてしまいました」

「それで一目惚れってわけね」

「私の方が、ずっと彼について考えました。それで色々あったんですけど、結局、一緒に暮すことに」

「二人でアパートに？」

「前より大分ましな所ですけど。——今は夜学でなく、通信教育で勉強しているので、ウエイトレスもやれています」

「林田さんが何をしてるのか、少しは分ってた？」

「いつ殺されてもおかしくないんだ、って言ってました。冗談めかして言ったので、どこまで本当なのかと思ってましたけど……」

照子は死体に向って、「本当にありがとう」と語りかけて、その顔に手を当てた。

「忘れない、あなたのことは」

と言うと、真弓を見て、

「犯人は誰なんですか?」

「それはこれから。たぶん、仕事上のもめごとのせいでしょうね」

と、真弓は言った。「他に、ご主人が個人的に恨まれていた相手とか……」

「そんな話は何もしませんでした。——でも、お互い気楽で、『結婚しようか』って言い出したのも、彼の方でした」

「正式に届けを?」

「ええ」

「じゃ、少なくとも身許は分るわけだ」

と、真弓は言った。「——あなた、一人で帰れる?」

「ええ、もちろん……。そりゃあ、夫の死は辛《つら》いけど……。しかも殺されたなんて……」


と言いつつ、突然、照子は倒れてしまった。

「おい、道田君、救急車だ!」

と、淳一が言った。


「で……何ですって?」

と、真弓が思わず訊き返した。

「妊娠してますな、あの女性」

と、医師が言った。「ま、お大事に」

「どうも……」

林田照子を運び込んだ病院の廊下で、真弓と淳一は顔を見合せた。

「こんなことってある?」

「まあ……ないこともないだろう」

「これって……デジャヴ、ってやつね」

〈星の教室〉の高畑が殺され、その若い妻は身ごもっていた。林田が殺され、その妻も……。

「とんだベビーブームだ」

と、淳一は微笑んで、「しかし、殺された分だけ新しい命が生まれるのなら、結構なことだ」

「ここまで来たら、同じパターンで行ってほしいわね」

と、真弓は言って、照子の寝ている病室へ入って行ったが……。

「――本当ですか？」

と、照子は目を見開いて、「生理が遅れてるとは思ってたんですけど……。あの人が、私の中に生きてるんだわ！」

と、涙ぐむ。

「やっぱりデジャヴだわ」

と、真弓は呟いた。

「今日は入院して、ゆっくり休むといい」

と、淳一が言った。

「でも、私……お金が……」

「大丈夫。警視庁の捜査一課は気前がいい。請求書を回してもらうようにしてくれるさ」

「あなた、勝手にそんなこと――」

「弱い者を助けるのが刑事だろ」

そう言われると、真弓も怒るわけにいかず、

「安心して。何なら一週間ぐらい入院したら？」

と、課長が聞いたら目を回しそうなことを言い出した……。


「お母さん」

広い居間へ入って行くと、ゆかりは言った。

「まだ起きてたの？」

「あら」

ソファでパソコンを眺めていた南田秋子は微笑んで、メガネを外すと、「ゆかりもこんな時間に？夜ふかしになっちゃったわね」

「だって、〈M商会〉のホームページとか見てると面白くて、やめられなくなるんだもの」

と、ゆかりは並んでソファに座った。

「それじゃ、コーヒーでも淹《い》れて飲む?」

「私、やるわ」

と、ゆかりはすぐ立ち上った。

台所に入ると、ゆかりはコーヒー豆を取り出して、挽《ひ》くところから始めて、ていねいにドリップで淹れた。

南田秋子は、台所へついて来て、ゆかりの手並みをじっと見ていたが——。

「みごとだわ」

と、秋子は微笑んだ。

「お母さんに教わった通りにしてるだけだよ」

と、ゆかりはちょっと嬉しそうに言った。

「そうね。でも、微妙な蒸《む》らし具合とか、そんな呼吸は……なかなか身につかないものよ」

と、秋子は言った。「本当にあなたは私の実の娘みたいだわ」

「そこまで言われると、照れるけど。——ともかく飲まない?」

「ここで飲みましょ」

台所も広くて、テーブルもある。

二人は香りの高いコーヒーを、椅子にかけて味わった。

「——お母さん、一つ訊いていい?」

と、ゆかりが言った。

「ええ。何を?」

「〈M商会〉の案内をネットで見てると、社員数が合わないの」

「社員数が?」

「もちろん、色々、あそこに出ていない仕事もあるんだろうけど、主な業務の社員数を足しても、全社員数に、二百人ぐらい少ないの」

秋子はゆっくりとコーヒーを飲んだ。

ゆかりは続けて、

「私なんかがそんなこと気にするのって、余計なことよね」

と言った。

しかし、秋子は真顔になって、

「大したものだわ」

と言った。「よく気付いたわね。やっぱりあなたは普通の十六歳じゃない」

「どういう意味？」

「よく聞いて」

と、秋子はじっとゆかりを見つめながら、

「居間ではこの話はしたくないの。台所で良かった。居間では盗聴されているかもしれないのよ」

ゆかりは唖然とした。

「この屋敷で盗聴？　そんなことが……」

「あなたにも、もう話しておかなくてはね」

と、秋子は言った。「〈M商会〉には、表に出ていない、秘密のセクションがあるの」

「どういうこと？」

「ずっと秘密にされて来たの。しかも——びっくりするでしょうけど、この私ですら、そこが何をしているか、よく知らない」

「そんな……」

「ゆかりちゃん」

と、秋子は身を乗り出して、「あなたに調べてほしいの。初めから、あなたならきっとできると思って、ここへ連れて来た」

「でも——まだ十六よ」

「だからいいのよ。あなたは〈M商会〉と〈星の教室〉の両方を行ったり来たりしているでしょ。その間に、自由に動ける時間を作って、探ってほしいの。やってくれる？」

ゆかりの目が輝いて、

「やるなと言われても、やらずにおくもんですか！」

と、力強く言ったのだった。

9　謎の死

「林田康《やすし》。——四十歳。でも、それ以上のことはさっぱりだわ」

と、真弓が言った。

「偽名ってわけでもないんだな」

と、淳一が朝のコーヒーを飲みながら言った。

「そう。ちゃんと住民票もあるし、照子とも正式に結婚してる」

真弓はトーストをかじりながら、「でも、どこで何をして稼いでたのか、分らないのよ」

「自由業ってことか」

「いくら自由でも、何もしないで生活していけないでしょ」

「おそらく、あの奥さんが言ってた通り、裏稼業だったんだろう。ベテランなら、うまく隠しておけるさ」

「あなたみたいに？」

と、真弓が冷やかす。

「よせよ。俺はちゃんと確定申告してるぜ」

「中身は怪しいけどね。——林田は納税してないようよ」

「おそらく、形式だけでも、どこかの社員になってたんだろう。もう一度、当ってみたらいい」

「でも、誰が林田を殺したの？　手早く、鮮やかな手口よね」

「まあ……プロだな。しかし、今のところは手掛りが少な過ぎる」

と、淳一は言った。「ああいう映画館は、常連客が多い。誰かが何か見ていたかもしれないぞ」

「同じ時刻の客に訊いてみるわ」

と、真弓は言った。「今、何の映画やってるのかしら？　どうせなら見たい映画の方が……」

「何しに行くんだ？」

と、淳一が呆れて言った。

すると、真弓のケータイが鳴った。

「誰かしら？　――もしもし？」

「あの、ゆかりです。南田ゆかり」

「ああ、おはよう。朝ご飯食べた？」

と、呑気なことを訊いている。

ゆかりも、まさかそんなことを訊かれるとは思っていなかったようで、

「あの……ちゃんとは食べてないですけど」

「それはいけないわ。あなたのような若い子が朝食抜きなんて！　肌荒れの原因よ。今どこにいるの？」

「外です。あの――」

「じゃ、うちにいらっしゃい。ちょうど夫婦で朝食をとってるところなの」

「伺っていいですか？」

結局、何の用でかけて来たのか分らないまま、割合近くにいた南田ゆかりは、二十分ほどで今野家へやって来て、真弓が用意しておいたハムエッグとトーストの朝食を食べることになった。

「――ごちそうさま！」

と、ゆかりは息をついて、「本当ですね！　朝食をしっかりとると、元気が出て来ます！」

「大人の言うことは聞くものよ。特に刑事の言うことはね」

真弓がコーヒーを注《つ》ぎながら言った。

「ところで、何の用で電話して来たんだ？」

と、淳一に言われて、

「忘れるところだった！」

と、ゆかりは笑ってしまい、「お願いがあって」

「借金ならだめよ。冗談だけど」

「実は、家を出たときから尾《つ》けられているんです」

「まあ！　けしからん奴ね！　射殺してやりましょう」

「まあ、落ちつけ」

と、淳一が言った。「尾けられる理由がありそうなのか？」

「それが……」

と、ゆかりはちょっと迷っていたが、「――これ、母から打ち明けられたことなんですけど、秘密にしておいていただけますか？」

刑事にそういう頼みをするのは、かなり無理だが、そこは真弓で、

「心配いらないわ！　口が堅いことでは有名なのよ」

「ありがとう！　――実は母から、とても妙なことを聞いたんです」

〈M商会〉のオーナー社長である南田秋子でも「何をしているのか知らない」部門があるという話に、淳一は興味をひかれたようで、

「それを君に探ってくれ、と？　ずいぶん物騒なことを頼むもんだ」

「いえ、私の方からも、やらせてくれって頼んだんです。それで今朝出かけて来たら、誰かが尾行を」

「任せてくれ。僕が君について行ってあげよう」

「あなた。――まさか、ゆかりちゃんに目をつけて……」

「よせよ。お前は本業が忙しいだろ」

「それはそうね」

真弓は渋々納得して、「じゃ、ゆかりちゃん、この人を部下にして連れて行くといいわ。悪いことし

たら、けとばしていいからね」

真弓の言葉に、ゆかりはふき出すのを何とかこらえていた。

「で、どこへ行くんだ？」

と、淳一が車を出しながら言った。

「カーナビに住所だけセットしました」

と、助手席のゆかりが言った。「〈M商会〉の〈製造部〉という名で」

「そうか。何を製造しているのかが問題だな」

と、淳一は言った。「しかし、やはりどう考えても、探りに行くってのは無茶だ。〈M商会〉の幹部社員として、社の施設を見て回ってるということにした方がいい」

「水戸黄門みたい」

と、ゆかりが笑って言ったが、

「あの車――。尾けて来てるんじゃないですか？」

振り向いて確かめる。

「もちろんだ。ずっと分ってるよ」

「どうしましょう？」

「まあ、尾行させてても大して問題じゃないと思うが、やっぱり気分が良くない？」

「そうですね」

「じゃ、追っ払おう」

車は一車線ずつしかない道を走っていたが――。

淳一は急にハンドルを切りながら、狭い道をぎりぎりで車をUターンさせた。

尾行している車と、正面切って向い合うことになり、先方がギョッとしてブレーキを踏んだ。

びっくりして目を見開いている相手の顔が見えた。

「ゆかり君。あの男をケータイで撮っておいてくれ」

「はい！」

ゆかりは手早くケータイを相手の車に向けて、何度もシャッターを切った。

するとーー淳一は車をぐっと前進させたのである。相手の車は、正面衝突《しょうとつ》しそうになって、あわててバックした。

淳一は車のスピードを上げた。相手もスピードを上げてバックする。

しかし、真直ぐとは言えない道を急いでバックするのは大変だ。

相手の車が電柱にぶつかってしまった。

淳一は車を停めると、

「おあいにくさま」

と言って、車をバックさせた。

ゆかりは、淳一がもう一度車をUターンさせて走り出すと、息をついて、

「あなたって、凄い人ですね」

と言った。「何をしてる人なの？」

「何って……大した仕事じゃない。ときどきこうしてドライバーをつとめるくらいさ」

と、淳一は言って、「ところで、目的地の〈製造部〉に着いたら、君は僕のことをどう紹介する？　決めておいた方がいいだろう」

「そうですね……。秘書じゃ、毎日出社してないとおかしいですものね」

ゆかりは少し考えて、「そうだ。〈用心棒〉でどうですか？」

「〈ボディガード〉の方が聞こえが良くないか？」

「いいえ！」

ゆかりは首を振って、「淳一さんは、絶対〈用心棒〉の方が似合うわ！」

「私、南田ゆかり。これは私の〈用心棒〉の今野淳一です」

そう言った相手は、四十前後かと見える、落ち着いた感じの女性だった。

「〈製造部〉を任されている大津佑美子《おおつゆみこ》です」

と微笑んで、「お目にかかれて嬉しいですわ。お話だけは伺っていましたが、どんな方だろうと、みんなで話していたんです」

「ご覧の通りの十六歳の女の子ですよ」

と、ゆかりは言った。「母の希望で、〈M商会〉の幹部に加わることになったので、ひと通り、〈M商会〉の各セクションを訪問して回ってるんです」

——古い倉庫を改装したと覚しき建物で、中はごく普通のオフィスという感じだった。

「——おいしい紅茶ですね」

と、ゆかりは応接室で出された紅茶を飲んで、

「ところで、〈製造部〉って、何を製造してるんですか?」

と訊いた。

「ああ、そう思われるでしょうね」

と、大津佑美子は言った。「ご覧の通り、今は何も製造していません。元は、〈M商会〉でも、多少の小物やアクセサリーなどを作っていたようで、そのときの呼び名がそのまま残ってるんです」

「じゃ、今は何を?」

「海外との取引です。でも、もちろん大手が相手なら、本社が担当するので、私どもは、小さな国や企業との、細かい取引を受け持っています」

大津佑美子は立ち上って、「中をご案内しますわ」

と言って、応接室のドアを開けた。

かなり古くなった机が並んで、二十人ほどの社員が働いている。

「お邪魔はしませんわ」

と、ゆかりが言った。「これだけですか、〈製造部〉って?」

「いえ、ここの他に、二階がコンピューターなどのある機械室で、地下に倉庫があります」

「ひと通り拝見しても?」

「もちろんです！　どうぞ」

かなりのんびりした旧式なエレベーターで二階へ上ると、パソコンを並べて仕事をしている社員が十人ほど。

エレベーターで地階へ下りると、小さな倉庫があって、中では若い女性が二、三人働いていていた。

「――どうもありがとう」

十分ほど見て回ってから、ゆかりと淳一は〈製造部〉を出た。

淳一の運転する車を、大津佑美子はずっと見送っていた。

「――どうってことないみたいでしたね」

後部座席に座った南田ゆかりが言った。

「そう思うか？」

と、淳一は言った。

「何かありました？」

「あんなオフィスはないよ」

と、淳一は笑って、「オフィスってのは、こんなものだろうという、何も知らない人間が急ごしらえで作った〈オフィス〉だね」

「私、ちっとも気付かなかったけど……」

と、ゆかりが言った。

「大体、我々が見ていると分ってるのに、誰も我々を見ようともしなかった」

と、淳一は言って、車を走らせた。

〈M商会〉の〈製造部〉を見た後、淳一と南田ゆかりはちょっと洒落《しゃれ》たサンドイッチの専門店でランチを食べていた。

そこへ、真弓からケータイにかかって来た。

「――どうだったの？」

と、真弓が訊く。

「少々引っかかるところあり、ってところだな」

「今はどこ？」

「ゆかり君と二人でランチだ。食べに来るか？」

「刑事は忙しいの」

と、真弓は言って、「ただ、どうしても警察の手を借りたいってことなら、行かないこともないけど」

「待て。その前に」

淳一は、ゆかりがケータイで撮っておいた尾行男の顔写真を真弓に送らせた。

「──その男が俺たちを尾行して来た。誰なのか分るか、当ってくれ」

「了解。──道田君！」

いつもの通り、面倒なことは部下にやらせる真弓だった。

そして──手早いもので、三十分後には、真弓もランチのテーブルに加わっていたのである。

「──なかなかいい味ね」

と、真弓は言った。「パンがしっとりしておいしいわ。サンドイッチはパンが命ですものね」

淳一は、〈M商会〉の〈製造部〉のことを説明した。

「怪しいわね！　叩《たた》き壊してやりゃ、何か出て来るかもしれないわ」

「乱暴だな。〈禁酒法時代〉の〈アンタッチャブル〉じゃないんだぞ」

と、淳一が苦笑すると、ゆかりがけげんな表情で、

「その〈何とかブル〉って何のことですか？」

と訊いた。

「知らない？　あのね……」

真弓がどう説明したものか困っていると、道田から電話が入った。

「──もしもし、道田君？　どうしたの？」

「さっきの写真の男、分りました！」

と、道田が張り切って言った。「たまたま顔を知ってたんです、知り合いの情報屋が」

「上出来!」

「名前は〈広田治彦《ひろたはるひこ》〉。何年か前に選挙違反で捕まってます。そう大した仕事には手を出してませんが」

話を聞いていた淳一が、

「誰の選挙に関してか、分るかい?」

と訊いた。

「ええと……。間広太郎ですって。どこかで聞いたことのあるような……」

「防衛大臣だよ。今の」

〈星の教室〉の都亮一が、口をきいてもらったという政治家だ。

「じゃ、そいつを捕まえといて」

と、真弓は気軽に言った。

「分りました! 広田治彦を逮捕しておきます!」

と、道田の声は一段とエネルギーに溢《あふ》れていたが……。


「〈広田〉ね」

と、女は言った。「でも突然じゃないですか。今日中に、なんて」

「そこで君にぜひ頼みたい」

と、相手の男は言った。「時間との競争なんだ。急いでくれ」

「居場所の見当は?」

と、山崎真由子は訊いた。

「自宅がある」

読み上げられた住所を憶えて、真由子は通話を切った。

タクシーを停め、住所を言うと、

「ここから十五分くらいかね」

と、ドライバーが言った。

真由子はバッグの中を探った。

布でくるまれた固い感触。——弾丸はちゃんと入っているだろう。

広田という男を殺す。——急に飛び込んで来た仕事だ。

「急ぎの料金で、ということだ」

と言われた。

いつもの料金の三倍だ。——難しいというより、よほど急いでいるせいだろう。

「君の腕を信頼してるよ」

とも男は言った。

「いいでしょう」

やって見せましょう。——真由子は呟いた。

十分と少しで、住所の辺りに着いた。

「ここでいいわ」

料金を払って、タクシーを降りる。

しかし、真由子は少し戸惑った。

そこは七、八階建の棟が並ぶ団地だったのである。

数字の続く住所から、マンションかもしれないと思っていたが、団地となると……。

立札を見ると、広い敷地に十棟が並んでいる。

もちろん、数字だけで——〈8－303〉とあった——どの棟かは分る。しかし、団地となると、常に人の目があると思わなくてはならない。

真由子は考え込んでしまった……。

10　砂場

今さら迷ってはいられない。

山崎真由子は、団地の案内図を見て、第8棟へと足を向けた。

昼間とあって、子連れの主婦や、買物に行く女性たちがそこここに何人かずつ集まっておしゃべりしている。

スーツにコートをはおった真由子の姿はどうしても人目をひくに違いない。

前もって準備の時間があれば、どこにでもいる主婦のような服装になって来られたのだが。

しかし、だからこそ真由子に急な依頼が来たということだろう。――仕方ない。こそこそしていたら、却《かえ》って目につくばかりだ。

図面で見た〈8〉の棟へと、分り切っている風に足早に向って行く。

足が止る。――団地の中の公園が、〈8〉棟の目の前だった。

まだ幼稚園や学校に行っていない、赤ちゃんや子供を遊ばせている母親たちが小さな公園に何人もやって来ていた。

これでは難しい……。

〈広田〉という名の男だとしか分らない。

〈303〉の部屋を訪ねて、当人が出てくれればいいが。

真由子は、ブランコと砂場くらいしかない小さな公園のそばを通って、〈8〉棟へと歩いて行った。

おしゃべりしていた母親たちの目がチラッと真由子の方へ向く。

こんな場所では、見知らぬ人間は珍しいのだろう。足早に棟の中へと入って行く。

正面がエレベーターで、ちょうど扉が開いて、乳《う》母車《ばぐるま》を押した女性が降りて来た。

真由子が傍へ寄ると、

「ごめんなさい」

と、愛想良く言って、すれ違って行く。

〈303〉は三階だろう。階段を上って行こうかと思ったが、ちょうどエレベーターの扉が開いている。乗らないのは却って不自然かと思った。

エレベーターは三階まですぐだ。扉が開くと、真直ぐに廊下が伸びている。

三つぐらいの女の子の手を引いた男性が、廊下へ出て来て、鍵をかけるところだった。

「エレベーターが来てるぞ」

と、男が言った。「屋上がいい？　それとも砂場？」

女の子はちょっと考えて、

「屋上がいい！」

と言った。

「よし。じゃエレベーターで上ろう」

真由子が乗って来たエレベーターは三階に停っている。親子はそれに乗った。

真由子は廊下を歩いて行って――ハッとした。〈303〉のドアは、たった今、父親と女の子が出て来たドアだったのだ。

あれが広田か。

真由子にためらっている余裕はなかった。

相手は屋上にいる。――真由子は急いでエレベーターのボタンを押した。

エレベーターが〈R〉まで上って扉が開く。

しかし、屋上へ出た真由子は面食らった。

屋上一杯に洗濯物が並んで、風に揺れているのだ。

団地住いなどしたことのない真由子には屋上全体が「物干し場」となっているのは驚きの光景だった。

今も、数人の主婦が洗濯物を干している。

肩ほどの高さの物干し台がズラリと並んで、みんなそのポールへ直接掛けたり、ハンガーを引っかけたりしている。

中には、シーツや毛布を干している人もいるので、どこに誰がいるのか、見付けにくいのだ。

逆に、ここなら洗濯物に隠れて移動することができる。——手っ取り早く、片付けてしまおう。

広田はどこだろう？　——ポールの間をすり抜けるように進んで行くと、女の子の明るい笑い声が聞こえた。

あの女の子ぐらいの年齢の子の笑い声だろう。

——真由子は大きく広げたシーツに隠れるようにして、笑い声の方へ近付いて行った。

洗濯物の隙間に広田の顔が見えた。

しかし、顔見知りの主婦と立ち話をしている。今は無理だ。

屋上の隅《すみ》の一画に、ロープで囲った場所があった。ベビーカーや乳母車を一時的に置く場所らしい。今は折りたたんだベビーカーが四、五台置かれている。

そのすぐそばに大きなシーツが干してあって、ほとんど姿が隠れる。

ここで広田の様子を見ていよう。——真由子は風で翻《ひるがえ》るシーツに隠れて、バッグの中で拳銃を握った。

広田はまだ主婦とおしゃべりしている。

銃声は問題だが、まさかこんな所で銃が発射されるとは思わないだろう。騒ぎになるころには、エレベーターで充分に逃げられる。

風でまとわりついてくるシーツを手でよけながら待っていると——。

突然、コートを引張られて、真由子は飛び上るほどびっくりした。

「しーっ！」

と言ったのは——広田の子だ。

「見付かっちゃうから、黙ってて！」

と、女の子は言った。

「え？」

「パパが捜しに来るから。おばちゃんもじっとしててね！」

「ああ……」

隠れて、パパをびっくりさせようというのだ。真由子は丸い顔いっぱいの笑顔を見せている子を見つめた。

いつしか、

「お名前は？」

と訊いていた。

「アンナ。四歳」

「そう……。アンナちゃんっていうの」

「うん。カタカナでアンナって書くの」

「そう。パパが捜してるわよ」

広田が、立ち話を終えて、周囲をキョロキョロと見回している。

「——アンナ。——アンナ、どこだ？」

呼ばれたアンナの方は、クックッと笑いながら、

「言っちゃだめよ！　パパが捜しに来るから」

と、真由子に念を押している。

そのとき……。真由子は思い出した。

睦子が小さかったころ、「かくれんぼ」をして遊んだときのことを。

ママ！　こっちこっち！

ママ、ずるいよ！

全身で飛びはねるようにして笑う睦子の、あの明

るさの弾《はじ》けるような笑顔。――今、同じ笑顔が真由子を見上げていた。

「アンナ。――どこに隠れてる？」

広田が近付いて来る。

クックッと、アンナが声を出して笑った。

「いたな！　こら！」

シーツをバッとめくって――。「失礼しました！」

真由子を目の前に見てびっくりしている。

「このおばちゃんと隠れてたんだよ」

と、アンナが言った。

「そうか。すみませんでした」

広田がアンナの手を取って、「さ、行くぞ」

「まだ来たばっかかだよ」

アンナが不満げに口を尖らす。

真由子は、その顔があまりに昔の睦子と似ているのでハッとした。

睦子。睦子。――あなたは、お母さんがこんなことをしているとは知らない。人を殺
して稼いでいるとは。

「じゃあ、砂場で遊ぶか？」

「うん！」

「服を泥だらけにしちゃだめだぞ」

と、広田が役に立つことのない約束をさせる。

「うん、分った！」

そう言ったって、どうせ泥だらけになるのだ。睦子がそうだったように。

今だ。――今撃てば決して外すことはない。目の前にいる男を撃つのだ。銃口を押し当てて引けば音も響かない。

「どうも、失礼しました」

と、広田が会釈する。

「おばちゃん、バイバイ」

と、アンナが左手を振る。

「バイバイ」

と、真由子はつい答えていた。

広田がアンナを連れてエレベーターへと向う。

真由子は、少しの間、立ちすくんでいた。——どうしよう？

あの子の前で、広田を殺せるか？

「——砂場だわ」

屋上から下りるエレベーターに乗ると、洗濯物を干し終えた主婦が、プラスチックのカゴをベビーカーにのせてやって来た。

その主婦は〈4〉を押した。エレベーターが下り始める。

「——今日はいいお天気ね」

と、その主婦が言った。「洗濯日和《びより》ね。そう風も強くないし」

「そうですね」

真由子も微笑んで言った。

「ここにお住いの方？」

「いえ……。入居したものか、見に来ましたの」

「ああ、そうなの！　まあ、お風呂やクーラーは、旧式なので、ちょっと苛々《いらいら》するけど、それ以外の管理は、そこそこしっかりしてるわよ」

四階に着いて扉が開くと、「じゃ、失礼」

「どうも……」

一階へと下りて行く。

エレベーターを出て、棟の外へ出て行くと、小さな公園の砂場に、広田とアンナの姿があった。

さっき遊んでいた親子連れがほとんどいなくなって、広田たちの他は、二人の子を遊ばせている母親が一人、ベンチに座っているだけだった。

しかし——あのアンナという子の笑顔が、「バイバイ」と手を振った姿が、真由子の胸を刺していた。

あの子の目の前で、父親を殺す？　そんなことが……。

仕事だ。仕事なのだ。これまでもやって来たことを、もう一度やるだけのことだ。

公園の入口で足を止めると、砂場のアンナが気が付いて、

「おばちゃんだ」

と、手を振った。

真由子は引きつったような笑みを浮かべた。

「おばちゃん、手伝って！」

と、アンナが言った。「お家《うち》を作るの、手伝ってよ」

「こら、だめだよ」

と、広田がたしなめて、「おばちゃんは忙しいんだ。一人でできるだろ」

「でも、アンナの手はちっちゃいもん」

と、アンナが抗議する。

「手伝ってあげるわよ」

と、真由子は公園の中へ入って行った。

「うん！　一緒に作ろう！」

と、アンナが嬉しそうに声を上げる。

「すみません。甘えん坊で」

広田が恐縮している。

前の日に雨が降ったせいか、砂が湿《しめ》っている。形を作るにはちょうど良かった。

真由子は、コートを脱いでバッグと一緒にベンチに置くと、砂場に足を踏み入れて、しゃがみ込んだ。

「どんなお家をこしらえるの？」

「あのね、もっと大きなお家。ここのダンチより広いの。一軒家」

一軒家がいい。——意味が分っているのかどうか。ともかくアンナの頭に、「イッケンヤ」が入力されている。

「じゃあ、周りの壁ね」

砂を寄せて壁を作る。

「そう！　ここも別の部屋に」

と、仕切りを作って、「一番広いのが、アンナの

部屋だよ」

「あら、それじゃここがアンナちゃんの部屋ね？」

湿った砂で壁を作ってやると、アンナは喜んでいる。

すると――子供二人を連れていた女性が立ち上って、

「もう行くわよ」

と、子供たちを連れて公園から出て行った。

残ったのは広田親子と真由子だけだった。これなら――難しくない。

「さあ、おばちゃんももう行かないと」

と、立ち上る。

「だめだよ！　まだお家ができてない」

と、アンナが不服そうに言った。

「おい、わがまま言っちゃだめだ」

と、広田がやって来て、「パパが代ってやるから。――どうもすみません」

アンナはふくれっつらになる。その顔も睦子の小さいころとそっくりだ。

「いいえ」

真由子は公園の隅にある水道の所へ行って砂にまみれた手を洗った。そしてベンチのバッグからハンカチを取り出し、手を拭いた。

広田は、しゃがみ込んで砂をいじっている。

真由子はコートをはおり、バッグから拳銃を取り出そうとした。

そのとき、

「失礼」

と、声がした。

ハッとして拳銃を戻し、バッグの口を閉じる。

背広姿の男が大股《おおまた》にやって来ると、写真らしいものを手に、

「広田さんですか」

と、声をかけた。

「は……」

広田は立ち上って、「どなたでしょう？」

「広田治彦さん？」

「そうですが……」

「警察の者です。ご同行願えますか」

真由子は愕然とした。団地の入口に停っているパトカーが見える。

「あの……ちょっと仕度を」

と、広田が言った。

「そのままで。急ぎです。パトカーの方へ」

「しかし――」

広田はアンナがふしぎそうにしているのを見て、

「お願いです。この子を放って行くわけには……」

「ともかく一緒に来て下さい」

と、刑事は譲らない。

そうか、と真由子は思った。広田は何かまずいことをしたのだ。

刑事が連行する前に殺せ、ということだったのだろう。だからあんなに急いでいた。

しかし――刑事の目の前では無理だ。

「アンナ」

と、広田は娘の手を握って、「パパはすぐ戻って来る。いい子にしてられるな」

すると――アンナはタタッと真由子の方へ駆けて来たのだ。そして、真由子のコートをしっかりとつかんだ。

「すみません！」

広田が真由子へ頭を下げると、「その子を少しの間お願いできませんか」

「でも――お母さんは？」

「妻は亡くなったんです」

「はあ……」

「あの――申し訳ありませんが」

「さあ、早く来て」

刑事が広田の腕を取ってパトカーへと連れて行った。

真由子は広田を乗せたパトカーが走り去るのを、唖然として見送った。

広田が、そう簡単に帰してもらえるとは思えない。広田を殺す機会があるだろうか？

しかし、もっと差し迫った問題が、コートをつかんでいた。

アンナはじっと真由子を見上げて、

「パパ、どこに行ったの？」

と訊いた。

「さあ……。何か、急なご用があったのよ、きっと」

この子をどうする？　誰かに預けて行くにも、周囲には誰もいなかった。

「ね、おばちゃん」

アンナはニッコリ笑って、「アンナ、何か飲みたい」

「あら、でも困ったわね。おばちゃんもご用があって……」

しかし、アンナの手は真由子のコートをしっかりとつかんでいた。

「それじゃあ……お手々を洗いましょうね」

どうしようもない。真由子はアンナを水道の所に連れて行った……。


「やっぱりな」

と、淳一は車の中から見て、「机を運び出してる」

「本当だ」

と、ゆかりも車から覗いて、「レンタルだったのね、きっと」

真弓も一緒だった。

車で、もう一度〈M商会〉の〈製造部〉の建物へやって来た。

少し離れて車を停めると、トラックに事務机や椅子が積まれているところだった。

「偽物にしてもお粗末《そまつ》ね」

と、真弓が言った。「すぐ踏み込む?」

「いや、少し放っておこう。うまくごまかしたと思わせておいた方がいい」

「でも、本当は何をしてるのかしら?」

と、ゆかりが言った。

「監視して、証拠をつかむことだ」

と、淳一は言った。「まともなビジネスのはずがないからな」

「殴《なぐ》り込むのが楽しみだわ」

真弓が、舌なめずりせんばかりの表情で言った……。

11　追われる

「どうなってる」

依頼主の声は尖っていた。

それは当然だろう。——山崎真由子は失敗したのだ。

「もう一歩だったのですが、一瞬早く、警察に確保されてしまいました」

「素早かったな。しかし——」

「言い訳にはなりません」

と、真由子は言った。「失敗は失敗です」

「うん。——君のそういう潔さが好きなんだ。それに、相手が団地住いだということをつかんでいなかったのは、こっちのミスだ」

と、男は言った。

「私を消さずにいてくれるんですか」

「もう一度、チャンスをやる」

「ありがとうございます。——他の誰かに話が……」

「行っているかもしれん」

「当然そうですね」

「しかし……まあ今回は君に賭《か》ける。——もう相手は刑事の手の中にある」

「そうです」

「工夫して殺せるのは、君のような知性の持主だけだ」

「恐れ入ります」

「手ぎわよく片付けてくれ。それだけの報酬は出す」

「かしこまりました」

――真由子は通話を切った。

すでに警察にいる広田を殺す。

それは不可能ではない。

しかし、もう一つの「問題」を、向うは知らない。

スヤスヤと眠っている四歳の問題を。

スーッ、ハーッという、爽《さわ》やかな寝息が聞こえてくる。元気な子供の息づかいは、みんな似ている。

睦子……。あの子も、こんな小さいころには、そっくりな寝息をたてていたものだ。

睦子を失って長く、こんな無邪気《むじゃき》で健康そのものの呼吸を耳にしたことはなかった……。

父親と二人での暮しに慣れているのか、アンナは一人でもちゃんと歯をみがいたり、顔を洗ったりした。

そして――お風呂に入った。

一人で、というわけにはいかない。何年ぶりか、真由子は小さな子と入浴した。

そして今――眠っている。

広田を殺す。それは後味《あとあじ》の良くない仕事ではあるだろう。しかし、これまでだって、相手に家族や恋人がいても、殺して来た。

この子の場合も……。

「パパを殺すのよ。ごめんね」

と、真由子は呟いた。

殺さなければ、今度は確実に自分が消される。睦子とも二度と会えなくなる。

まあ――この子はどこか施設に預けてしまえばいい。四歳では、まだ真由子の顔をはっきり憶えていないだろう。

「さて……」

広田をどうやって殺すか。

真由子は考え込んだ。


一方、殺されるなどとは思ってもみない広田は、刑事の取り調べに、

「たまたま同じ方向へ向ってただけです」

と、淳一たちの車を尾行したことを否定していた。

「それは無理があるわね」

と、真弓は言った。「あなたの雇い主は誰？」

「それは……言えません」

と、広田は目を伏せた。

「あ、そう」

真弓はアッサリと肯いて、「分ったわ」

「分っていただけましたか」

「そういうことなら、こちらの高級ホテルで当分泊っていただくことになるわね」

「そんな――」

「お安くしとくわよ」

「待って下さい！」

と、広田は急いで言った。

「何か言うことが？」

「それは……」

と、広田は汗を拭って、「家には子供が。娘と二人暮しなんです。あの子はまだ四歳で、一人ではどうしようも……」

「それは可哀そうね。でも、私を恨まれても困るわ。そちらがちゃんと質問に答えてくれないと」

「あの……。娘を預かってくれるお宅があるんです。アンナは、いつも私の帰りが遅かったときとかは、そこのお宅に。連絡したいんです」

広田が必死なのは分った。真弓もそこは人情家である。

「いいわ。連絡できるの？」

「ケータイに番号が……」

真弓は取り上げていたケータイを広田へ渡した。

「すみません！」

急いで、その近所の家へかける。「――もしもし、広田です。いつもすみません」

「あら、どうしたの？　ご近所で聞いたら、パトカーで連れて行かれたって……」

と、奥さんが言った。

「あの――ちょっとした間違いなんです。取り調べが長くかかりそうでして。アンナはどうしてますか？」

「アンナちゃん？　知らないわ。うちへは来てないわよ」

「え……」

広田は青ざめた。「それじゃ、どこに……」

「さあね。――ちょっと待って。お隣の奥さんが、あなたが連行されるのを見てたの。アンナちゃんのことも知ってるかも」

「お願いです！　訊いてみて下さい！」

「分ったわ。ちょっと待って」

一旦電話を切ると、広田は力なく椅子に座り込んだ。
二、三分して広田のケータイが鳴る。
「――もしもし！」

広田は勢い込んで言った。「あの――それで――」

「どこへ行ったかは見てなかったそうよ」

「それじゃ……」

「でも、砂場で、見たことのない女の人と一緒だったと」

広田は思い当った。――確かに、あそこにいた女性に、アンナをよろしくと頼んだ。

しかし、あそこの住人ではないのに……。

広田は床に座り込んでしまった。

「大丈夫？」

見ていた真弓はびっくりして言った。

「分らないんです！　アンナを、見たこともない女の人に任せてしまった！　どこの誰だかも分らない人に……」

広田の声は震えていた。真弓は首をかしげた。

もちろん、四歳の子の身を心配するのは当然だろう。しかし、熱帯のジャングルに置いてきたわけでなし。いくら子供でも、一人で歩いていたら、誰か大人が気付いて声をかけてくれる。

それに、見知らぬ人とはいえ、どこかの女性に頼んだというのだから……。

「名前も何も分らないの？」

と、真弓は訊いた。

「はあ……。急なことなので、確かめる余裕もなくて、魔女だったら、どうしよう」

「——魔女って何？」

「あの——お菓子の家に子供を誘い込んで、丸々と太らせて食べてしまう森の魔女が……」

大真面目な様子の広田に、真弓は呆れてしまった。

少しおかしいのか、この男？

「じゃ、ともかく魔女に食べられる前に見付けたいんでしょ。だったら誰に雇われたか言いなさい」

「はあ、〈お星さま〉です」

「は？」

「本当です！　そう呼んでいました。私たちに指示を出してくれるのは〈星〉という名前で……」

「〈星〉？」

それは〈星の教室〉のことだろうか？

オーナーは星野《ほしの》拓郎《たくろう》という男だ。

「いいわ。じゃ、あんたのアンナちゃんを捜しに行きましょう」

と、真弓が言うと、広田はびっくりして、

「一緒に捜して下さるんですか？」

「見付けないと、あんたが一向に答えてくれそうにないからよ」

「ありがとうございます！」

と、広田は真弓に向って、拝《おが》むように両手を合せた。

「私は観音様《かんのん》じゃないから」

と、真弓は眉をひそめて、「ともかく一旦あんたの住んでる団地へ行ってみましょ」

「可哀そうだけど……」

と、山崎真由子は、アンナの寝顔を見ながら呟いた。

やりたくはないが……。広田をおびき出すには、アンナを使うしかない。

「――眠ってるのよ」

真由子はケータイでアンナの寝顔を撮ると、出かける仕度をした。

夜遅くなっていた。――自分の車で、あの団地へと向う。

広田はまだ警察だろうか？　留置しておくほどのことをしているとも思えなかった。

もし帰っていたら……。

真由子はブレーキを踏んだ。

あの団地の入口に、パトカーが停っていたのだ。

あれは……。

車を脇道へ入れると、真由子は車を降りてそっと団地の方へと近付いて行った。

「――それは無理よ」

と、声がした。「今何時だと思ってるの？」

「ですが、こうしている間も、アンナがお腹を空かして泣いているかと思うと……」

と、情ない声を出しているのは、間違いなく広田だ。

「こんな時間、普通子供はぐっすり寝てるわよ」

「そうでしょうか……。でも、ちゃんとしたベッドや布団で寝てるかどうか。縛られて冷たい床に転がされ──」

「あんたのアンナちゃんはマフィアの一味？　ともかく朝まで待ちなさい。そしたら、団地中に響き渡る音量で、〈迷子のお知らせ〉を流してあげるわ」

「分りました……。じゃ……午前四時に」

「まだ真暗よ。誰も起きてない」

「では四時半。──五時にでも？」

「ちょっと早いと思うけど……。まあいいわ。じゃ、午前五時ね。一旦、署へ戻りましょ」

広田を乗せたパトカーが走り去る。

真由子は、

「午前五時ね……」

と呟くと、車に戻った。「──それまでの命ね」

そして車をUターンさせると、自分のマンションへと戻って行った。


もうためらってはいられなかった。


辺りは少し白んで来ている。

真由子は、傍で眠っているアンナを見た。

「ごめんね」

そっと手を伸して、アンナの頭を撫《な》でた。

パトカーの停る音がした。──団地はまだ眠っている。

あの、砂場のある小さな公園。そこのベンチに、眠っているアンナを座らせておいて、真由子はその場を離れた。

午前五時にあと五分。──広田はどんな思いでいるだろうか。

公園を出るとき、砂場にチラッと目をやると、真由子がアンナと作った「砂のお家」が、まだいくらか形をとどめていた。

そのまま、真由子は公園を出て、真直ぐに進むと、棟の間の暗がりに身を潜めた。

「──早くして下さいよ！」

と、広田が甲高い声を出している。

「分ってるわよ！　せかさないで」

女刑事の声がする。

広田がやって来る。公園はすでに明るさの中ではっきりと見えている。

広田はもちろんアンナに気付くだろう。そして駆け寄る。

広田の背中が正面に来る。真由子の銃の腕で外すことはあり得ない。

真由子は消音器を付けた拳銃を両手でしっかりと構えた。

「アンナがもし帰って来てくれたのなら――」

広田がやって来た。公園の前に――。

そのとき――タタタという音がして、小型のバイクが団地へ入って来たのだ。

新聞の配達だ。広田はびっくりして、バイクの方へ目をやると、公園の前を通り過ぎてしまった。

まさか！　――真由子は啞然とした。

「おはようございます！」

わけも分らず、広田に声をかけると、配達員の若者はバイクを停めて、新聞をバサッと腕に抱《かか》えると、棟の中へ入って行った。

広田は苛立っている様子で、突っ立っている。

――狙って撃つことはできる。

しかし、真由子は広田の顔を見て撃ちたくなかった。背中を向けてくれたら――。

どっちでも同じだとしても、いくらか気持は楽だったろう。

早くアンナに気付いて！

そのとき、女刑事が広田を追ってやって来ると、公園の前で足を止めた。

「――あの子は？」

アンナに気付いたのだ。広田は振り向いて、

「何です？」

と、キョトンとしている。

「あそこに座ってる子は？」

広田が一瞬固まった。

そのとき、ベンチで眠っていたアンナの体が、ゆっくりと横に倒れかけた。

女刑事が公園の中に駆け込んで、アンナを抱《だ》き上げる。

「アンナ！」

広田が駆け寄った。真由子は引金に指をかけた。広田の背中が正面に来る。しかし――女刑事からアンナを受け取って、広田は抱きしめると、喜んでクルクルと回るように躍《おど》り上ったのだ。

ほんの一秒。――引金を引くべき一秒を、真由子は失った。

「良かった！　アンナ！」

広田が泣きながら、何度もくり返し飛び上った。

――失敗だ。

女刑事と一緒に、広田はパトカーの方へと戻って行った。

パトカーのドアが閉り、走り去る音がして、真由子は呆然と立ち尽くしていた。

二度目の失敗。もう許されることはないだろう。

広田を殺せなかった真由子は、それでもいくらかはホッとしていた。これで良かったのだという気もした。

――睦子。ごめんね。

もうあなたに生きて会えないかもしれない。

真由子は静かに団地を出ると、自分の車へと歩いて行った。

今度は私が狙われる番だわ、と真由子は思った。

どこかへ姿を隠そう。――真由子は車の見えるところまで来て、ハッと足を止める。

車のかげから男が一人、現われた。

手に拳銃を持ち、銃口は真由子へと向けられていた。

こんなに早く!

しかし、どうしようもない。

「やりそこなったな」

と、男が言った。「あの世へ送ってやるぜ」

命ごいなどするものか!

「どうぞ撃って」

と、真由子は言ったが、男の姿は——突然地面に倒れてしまったのだ。

「どうなってるの?」

と、思わず呟く。

すると、もう一人男が現われた。

「早く逃げろ」

と、男は言った。「こいつは気を失っているだけだからな」

そう言ったのは淳一だった。


「あなたは?」

と、真由子は訊いたが、

「そんな問答をしている間に、十メートルでも逃げられるぞ」

と、淳一は言った。「助けるのは一度きりだ。後は自分で逃げのびろ」

真由子もそれ以上ためらわなかった。

車に乗り込むとすぐにその場を後にする。

しばらく走らせて、車を静かな住宅地の中に停める。

「——どうしよう」

と、息をついて、今、自分の置かれた状況がどんなものか、理解されて来た。

表向き商事会社に勤めるOLだが、それは副業の殺しの仕事がうまく行っている間のことだ。

一旦、「消すべき相手」になると、仕事はもちろん失うことになるし、住いも……。

おそらく自宅へ帰ったら、誰かが待ち受けていよう。

逃げられるか。――どこへ？　そしていつまで？

真由子は少しの間だけ考えた。

そして、決めた。――生きて、もう一度睦子に会いたい。

そして殺されても仕方ない。

「ガソリンをどこかで」

エンジンをかけ、真由子は車を出した。

行先は決っている。――〈星の教室〉。

睦子のいる所だ。

もう朝になっていた。車は少しずつ増えて行く。

真由子は、行先を定めると、いつもの自分を取り戻していた。

12　予告

メールの着信を知らせる音がすると、谷口良子は反射的に、

「もう、いい加減にしてよ」

と、口に出して言っていた。

〈星の教室〉の事務長として、毎日、いつも駆け回っている――といっても、もちろん本当に走っているわけではないが、少なくとも気分的にはそうだったのである。

しかし、そのメールが着信したのが、良子のプライベート用のスマホだったことに気付いて、仕事の手を止めた。

このアドレスを知っている人間はそう多くない。

手に取って、メールを読んだ良子は、一瞬どう考えたものか分らなかった。

〈これは予告である。

〈星の教室〉はこの世に存在してはならない。従って、〈星の教室〉に爆弾を仕掛けた。あと三時間、十六時きっかりに〈星の教室〉は跡形もなくなる。

それまでに、死人を出したくなければ、全員が避難するように。ここに忠告する。

万一、けが人、死人が出ても、それは〈星の教室〉の側の責任である。一市民〉

「――何、これ」

谷口良子は、やや放心状態で呟いた。

いたずらか？　もちろんその可能性が高い。しかし、もしも本当だったら？

そのとき、デスクの電話が鳴り出して、良子はびっくりして飛び上った。

「――事務長の谷口です」

と出ると、

「警視庁の今野真弓です」

「あ、どうも。あの――」

「爆破予告のメールが届きましたか？」

「今見て、びっくりしていたところです」

と、良子は言った。「どうすればよろしいでしょう？」

「最近そういうメールなどが来たことはありますか？」

「いいえ」

「おそらく同一のメールが、警視庁にも届いています。そちらのメールを読み上げて下さい」

「はい」

谷口良子がメールを読み上げると、事務室の中は静まり返った。

「――全く同一ですね」

と、真弓が言った。「ただちにそちらへ向います。もちろん、いたずらの可能性もありますが、もし事実なら、大勢の死傷者が出るでしょう。一旦、全員学校の外へ、避難するようにして下さい」

「分りました」

「ただ、混乱を起こさないよう、落ちついて行動を。予告によれば、あと三時間あるのですから」

と、真弓は言ったが、すぐに付け加えて、「犯人が本当のことを言っているとは限りません。三時間でなく、一時間で爆発するかもしれない。整然と、素早く行動して下さい」

「はい」

――しかし、良子にはしなければならないことがあった。

事務室の部下に手早く指示すると、自分は事務室を出て階段の下へ隠れてスマホを手にして発信した。

「――どうした。かけて来るなと――」

「申し訳ありません！　緊急事態で」

と、良子は言った。

そして爆弾の予告メールのことを話した。

「おそらく、それはハッタリだ。いいか、警察は爆弾を見付けるために、校内をくまなく調べるだろう」

「はい」

「分ってるな。絶対に見付かってはならない物は、運び出すな」

「でも――」

「地下の倉庫だ。あの奥へ移せば、万一本当に爆弾が爆発しても大丈夫だ」

「分りました！　ただ――私、あの奥の開け方を知りません」

「そうか。そうだったな」

「教えていただければ、私が――」

「分った。よく聞け。一度しか言わん」

「はい」

「メモを取るな。記憶しろ。いいな」

「了解しました」

――通話を切ったとき、早くも生徒たちが廊下を小走りにやって来た。

「走らないで！」

と、教師たちが叫んでいる。

しかし、それは逆効果だった。

「爆弾だ！」

「走れ！」

と、生徒たちの間に声が上ると、一斉に走り出してしまった。

良子は、倉庫へ向おうとしたが、廊下を駆けて来る生徒たちに弾き飛ばされそうで、なかなか動けない。

やっと廊下が空いて来ると、

「事務長さん！　書類はどうしましょう！」

と呼びに来る。

「あなたが決めて！　私は重要書類を」

「でも――」

「いいから！」

良子は駆け出した。

地階へと階段を駆け下りて行く。――しかし、スーツのスカートはタイトで広がらなかった。

「あ――」

焦っていた。踊り場で向きを変えたとたん、足首をひねってしまった。

そして、そのまま階段を転り落ちて行ったのだ。

「痛い……」


やっとの思いで体を起したものの、良子は階段を転落して、したたか腰を打っていた。

しかも足首は触っただけで悲鳴を上げるほど痛い。

「どうしよう……」

そうだ。誰かに連絡を――。

スーツのポケットを探った。しかし、スマホが入っていない。

「まさか……」

暗い地下の廊下のずっと先に、スマホらしい物が見えた。とてもあそこまで取りに行けない。

「誰か！」

と、良子は叫んだ。「誰か来て！」

しかし、みんな避難するのに必死だ。こんな所に誰も――。

そのとき、

「誰かいますか？」

と、上から声がしたのである。

「ここよ！」

と、良子はホッとして叫んだ。

階段を下りて来たのは、殺された高畑の妻、伸子だった。

「谷口さん！」

と、伸子はびっくりして、「どうなさったんですか？」

「足がもつれて――転り落ちてしまったの」

「まあ、大変」

伸子は階段を下りて来ると、「立てますか？」

「とても無理。足首が……骨折したみたい」

「それじゃ――。待ってて下さい。誰か呼んで来ます」

と、伸子が階段を上って行こうとするのを、

「待って！」

と、良子は呼び止めた。「上は避難する人が」

「ええ、爆弾を仕掛けたって、本当でしょうか？」

「分らないわ。ただ――大切な物が」

「でも、ともかく谷口さんの手当を――」

「いいえ、待って！」

良子は苦痛に汗をかきながら、迷っていた。

命じられたことははっきりしている。しかし、それを倉庫の、さらに奥へと運び込まなければならないが、今の良子の状態では、とても無理だ。

「――伸子さん。お願いがあるの」

と、良子は言った。

「私にですか？」

「その先に倉庫がある。分るわね」

「ええ。主人を手伝って中へ入ったことがあります」

「その倉庫の中にあるものを、運び出してほしいの」

「倉庫の扉は――」

「それは開くわ。でも、その中のものを、他の場所

へ移してほしいの」

「はあ……」

仲子はさっぱり分らない様子だった。当然のことだろう。

良子は心を決めた。

「倉庫へ入ったら、右から三つめの、〈3〉とラベルの貼ってある棚に行って。そして……」

良子は、電話で聞いた説明をくり返した。——他人に教えてはいけないことだと分っていた。

しかし、今は、警察の捜査から守らなければならない。

「——分った?」

と、良子は言った。

「何とか……。ともかくやってみます」

と、仲子は自信なげに言った。

「それと——その先に私のスマホが落ちてるでしょ」

仲子は駆けて行って、拾って来たが、

「壊れてますよ」

「そう。仕方ないわ。勢いよく落ちたから」

壊れてしまったスマホを受け取ると言った。「早く行って!」

「はい」

仲子が廊下の明りを点《つ》けて、倉庫へと入って行く。

今になって、良子は後悔していた。もし爆弾騒ぎが、いたずらだったら……。

決して知られてはならないことを、仲子に教えてしまった。

それが何を意味するか、仲子には分るまいが、倉庫の奥の秘密の場所の存在と、そこへの入り方は知られてしまった。

苦痛に低い呻き声を上げながら、良子は必死で耐えた。

上の廊下を駆ける足音は、ほとんど聞こえなくなっていたが、「校外へ避難して下さい」という校内放送がくり返し流れている。

——永遠に思えるような時間が過ぎた。実際はほんの数分間だったが。

倉庫の扉が開いて、仲子が出て来た。

「——どうだった?」

と、良子は訊いた。

「言われた通りにしました」

と、仲子は肯いて、「ちゃんと移しておきました」

「ありがとう」

良子は大きく息を吐いたが、それが痛みを呼んで、思わず声を上げた。すると、上で、

「そこに誰かいるのか?」

と、男の声がした。

「来てください!」

と、仲子が答えた。「事務長さんが大けがを」

階段を下りて来たのは都だった。


「どうしたんです?」

「階段から落ちて、足首を骨折してるようなんです。担架《たんか》か何か」

「そいつは大変だ。すぐ戻るから」

都が駆け上って行くと、良子は仲子の腕を強くつかんで、

「聞いて!」

と、呻くような声で言った。「仲子さん、このことは——倉庫のこと、〈3〉の棚のもののことも、すべて、誰にも言わないで!」

「事務長さん——」

「これは絶対秘密にしておかなきゃならないの。〈星の教室〉の存続に係ることなのよ。いい? あとで警察の人に訊かれても、絶対にしゃべっちゃだめ!」

仲子は、けげんな表情で良子を見ていたが、やがて、

「——分りました」

と肯いて、「何も言いません。何も訊かないことにしますし、何も知らない、ということで」

「そう。それでいいのよ……。あなた……この壊れたスマホを持っていて」

仲子はスマホをポケットにしまった。良子は言い含めるように、

「わけの分らないことを言うと思うでしょうけど、決して後ろめたいことじゃないのよ。あなたのことは——しっかり面倒をみるから。そう、事務室の正規の職員にしてあげる。あなたには充分その資格が……」

「あんまりしゃべると、痛みが……」

階段の上の方から、

「ここだ！　急いで」

と、都の声がした。

「私……もう……」

脂汗《あぶらあせ》で顔を光らせながら、良子は呻いた。

「担架にそっと……。ゆっくりだ」

良子は、三人がかりで体をかつぎ上げられると、苦痛に叫び声を上げ、気を失ってしまった。

都は、校舎の外へ良子を運び出すと、

「救急車を呼ぶより、学校の車で運んだ方が早い。——君、ついて来てくれるか」

と、仲子に訊いた。

「はい、もちろん」

「じゃ、ワゴン車の後ろに乗せて行こう。僕が運転する。この近くの大きな病院は？」

「駅の近くの市民病院です」

「あれか。車なら十分だな」

学校から離れて、生徒や教師などが立っていた。

都はワゴン車を運転して、あまりスピードを出さずに坂を下って行った。

「伸子君、だったね」

と、ハンドルを握って、都が言った。

「はい」

「谷口さんは、あんな所で何してたんだ？」

伸子はちょっと詰ったが、

「私も知りません。ただ、助けを呼ぶ声で……」

「そうか。避難してる最中に、地下へ？　妙だな」

「たぶん……倉庫で用だったんでしょう」

「ああ、なるほど、そうかもしれない」

都は肯いて、「倉庫って、まだ入ったことがないな」

「あの――そこを左折です」

「そうか。車を停めたら、君、すぐ降りて看護師を呼んで来てくれるか」

「分りました」

車が病院の正面につけると、伸子は車を降りて、病院の中へと駆けて行った。

都は運転席から出たが、頭上から聞こえて来た音に気付いて、

「何だ？」

と見上げた。

ヘリコプターが飛んで来たのだ。

あれは――〈星の教室〉へ向っている。

あの低空なのは、着陸するつもりだろう。

もちろん、〈星の教室〉にヘリポートはないが、校庭は充分にヘリが降りられる。

「――警察のヘリだ」

と、都は呟いた。

病院の中から、ガラガラとストレッチャーを看護師が押して来た。

「〈星の教室〉の者です」

と、都は言った。「生徒がお世話に」

「何か大変なようですね」

と、一緒に出て来た女性の医師が言った。

「ええ。爆弾を仕掛けたという予告が」

「それは……。こちらも気を付けていましょう」

仲子が、

「都先生、学校へ戻られるんですか?」

と訊いた。

「今、警察のヘリが見えた。戻った方が良さそうだ。君は谷口さんの様子を後で知らせてくれ」

「分りました」

谷口良子が運ばれて行く。

仲子は、都の運転するワゴン車を見送って、病院の中へ入って行ったが――。

「え?」

びっくりして足を止めた。

ポケットに入れていた、良子のスマホが鳴り出したのだ。――つながってた!

両手でスマホを持つと、

「もしもし」

と出た。

「どうした?」

と、男の声がした。「ちゃんと隠せたのか。どうなんだ?」

仲子は何とも返事ができず、立ちすくんでいた。

「おい! 聞こえてるのか?」

男の苛立ちが、スマホの向うから伝わって来た。

仲子はどうしたものか迷ったが、谷口良子が階段を転り落ちたせいで、彼女が隠すはずだった「何か」が隠せなくなったのだろうとは見当がついた。

それを仲子が代りに隠した。

あれほど、良子が必死で、「誰にも言うな」とくり返したのは……。

おそらく、それは大きな秘密なのだ。そして、仲子はそのことを知ってしまった。

「おい、どうした?」

と、向うが言った。

伸子は一つ息をつくと、

「聞こえています」

と言った。

少しの間、沈黙があって、

「誰だ？」

「〈星の教室〉の用務員、高畑の妻、伸子です」

「どうしてそのスマホを持ってる？」

「谷口さんは入院しています」

「何だと？」

「地下へ下りようとして、階段を踏み外し、転落して骨折したんです」

「それで……」

「私が発見しました。谷口さんは私に、倉庫の中の大切なものを移してくれ、と」

「そうか。で、君は……」

「言われた通りにしました」

「それを倉庫の奥へ移したのか」

「そうです。どういうことなのか、分りませんが」

「谷口は何も説明しなかったのか」

「はい、何も」

「君は何も知らないのだな」

「そうです」

「今、どこにいる」

「谷口さんを運んだ病院です。学校へはヘリコプターが向っているようです」

「そうか。――君は、殺された用務員の妻君か」

「はい」

「なるほど」

少し間があって、相手は、「君は、谷口に頼まれたことについて、黙っていられそうだな」

と言ったが、口調が明らかに変っていた。

伸子に興味を持ったようだ。

「そうしろとおっしゃるのでしたら、谷口さんからも――」

「分った」

と、向うは思い切ったように、「何も知らない、で通してくれたら、君に悪いようにはしない」

「私は主人を亡くしましたが、今、主人の子を身ごもっています。仕事を続けさせてくれると谷口さんが……」

「では、くれぐれも体を大事にしろ」

「はあ」

「君にやってほしいことがある」

「何でしょうか」

「〈星の教室〉での、警察の動きを、この番号へ知らせてほしい」

「それは……」

「君に迷惑は及ばない。ちゃんと報酬も出す。いいかね？」

「――分りました」

「伸子君といったか」

「はい」

「よろしく頼む」

通話は切れた。――伸子はいつの間にか、スマホを持った手にじっとり汗をかいていた。

これは一体何ごとだろう？

伸子は、病院の中へ入って行くと、谷口良子の様子を訊いたが、

「今、検査中です」

と、短い答えが返って来ただけだった。

伸子は一般外来の待合室の長椅子に座って、深く呼吸した。

あの良子の指示と、電話の相手の男の話……。

それはどう考えても、〈星の教室〉が、表向き見せているような、「寄宿制の学校」ではないことを物語っていた。

一体、裏に何が隠されているのか？

夫の不可解な死に始まって、伸子は自分がいやで

も、〈星の教室〉を巡る謎に巻き込まれていることを察知していた。

それは何か違法なことなのだろうか？

でも——私には守らなければならない命がある。

そっと下腹に手を当てて、伸子は思った。

この子を守れるのは私しかいない。何があっても、どんなことをしても、この命を守るのだ……。

13　頼りがい

「そういうことだったのね」

と、南田秋子は、ゆかりの話を聞いて肯いた。

「結局何も分っていないけど」

と、ゆかりは言った。「お腹空いた！　何か頼んでいい？」

「もちろんよ」

と、秋子は微笑んだ。「ここはホテルの中の店から、何でも取れるわ」

「へえ！　じゃ、高級カレーライスがいいな」

「そんなのがあるのか？」

と、声がした。

「あ、淳一さん」

秋子がいつも使っているホテルのＶＩＰルーム。いくつもの個室があって、二十四時間、いつでも利用できる。

「ゆかりちゃんがお世話になって」

と、秋子は言った。「あなたにすっかり惚れ込んじゃったようですわ」

「それは危険ですな」

と、淳一はソファにかけて、「しかし、妻もゆかりさんのことは気に入っている。大丈夫でしょう」

「では――とりあえず〈高級カレー〉を食べる会を始めましょうか」

と、秋子は言って、やって来たウェイターにオーダーした。

「最高級の和牛を使ったビーフカレーです」

「栄養ありそう」

と、ゆかりが言った。「でも――お母さん、あの〈製造部〉をどうするの?」

「そちらのおっしゃるように、うまくごまかしたと安心させるのがいいでしょうね」

「しかし、僕らの車を尾けようとしてしくじった男は殺されそうになりました」

と、淳一は言った。「職業的な殺人者を使うというのは、普通の企業のすることではありません。〈M商会〉の過去に何かそういう裏社会とつながりがあったのですか?」

「そうですね」

と、秋子は大きく息をついて、「おそらく父の代に。――父は〈M商会〉を興《おこ》したのですが、八十歳を過ぎても、元気で飛び回っていました。ところが、ヨーロッパで飛行機事故にあい、亡くなってしまったのです」

「それであなたが……」

「ええ。母は亡くなっていて、でも私も遅くにできた子なので、父が亡くなったとき、まだ二十歳でした」

と、秋子は言った。「でも、父は私を跡継ぎに、と決めていて、企業グループにもそう周知していたのです。それで私は必死に経営を学んで、三十年やって来ました」

「凄いね!」

と、ゆかりはため息をついた。「二十歳でかあ」

「その引き継ぎのときに、社員の一部が何か隠したのでしょうね」

「私も、父がかなり危いことにも手を出していたことは、薄々感づいていたので、何度か調査を入れて、違法と思われるようなことはどんどん排除して行ったのですが、おそらく……」

「深い所に、まだ何かが隠されているのでしょうね」

「三十年もたつと、日々の仕事だけで手一杯です。このままじゃいけない、と分っていながら、つい目をそむけてしまうのです」

と、秋子は言って、ゆかりを見た。「ゆかりちゃんを見たとき、〈M商会〉の再生のために、この子はきっと役に立つと直感したのです」

「お母さん……」

「ごめんなさいね。あなたを物騒なことに巻き込むことになりそうで」

「心配しないで」

と、ゆかりが力強く言った。

そこへ——さらに「力強い」〈高級カレー〉が運ばれて来て、三人は揃《そろ》って食べた。

「——なるほど、高級感がありますね」

と、淳一は言った。

「牛肉が柔らかくて、おいしい！」

と、ゆかりが感激している。

「これはうちの奥さんにも食べさせないとな。後が怖い」

「今、奥様は——」

「〈星の教室〉でしょう。あそこも〈M商会〉とどこかでつながっているのでは？」

「そのようです」

と、秋子は言った。「でも、調べても何も出て来ないのです」

「私、まだあそこの生徒だよ！」

と、ゆかりが言った。

「それに、もう一つ気になることが」

と、秋子は言った。

「何ですか？」

「企業グループの中に食品メーカーがあります。着実な利益を上げているのですが、それが突然新工場の建設を、と言い出したのです」

「それは必要なものなのですか？」

と、淳一が訊いた。

「確かに、今の工場だけでは、生産ラインが限られていて、いずれ新設するつもりではいました」

と、秋子は言った。「でも担当重役からあんまり急に話があって、びっくりです」

「それは怪しいです」

と、淳一は言った。「いわゆる根回しがすんだ状態でしょうね」

「そう言っていました。工場敷地に住宅も建っているのですが、ちゃんと話はついていると」

「それは……」

と言いかけて、淳一は、「判断は少しお待ち下さい。どうも罠《わな》の匂いがする」

「淳一さん、お願い！　母を助けて！」

と、ゆかりが淳一の腕をつかんだ。

「まあ、やってみましょう」

と、淳一は微笑んだ。「その新しい工場についての計画内容は――」

「ここにあります」

と、秋子は分厚いファイルを取り出した。

「ではお預りしましょう」

淳一も人に言えない「仕事」を持っている。悪い連中の企《たくら》みには必ず大きな金が動いているものだ。

悪い奴から盗む。――それは淳一の哲学にもぴったり来る。

「――淳一さんは本当にふしぎな方ね」

と、秋子が言った。

「私が魅了されるのも分るでしょ？」

と、ゆかりが言った。

「よく分るわ」

と、秋子は微笑んで、「こんなおばさんの私でも、淳一さんの前では、もっとお洒落しておけば良かった、と思うもの」

「あ！　お母さん、私の淳一さんに手を出すの？」

「そんなことしないわよ。淳一さんには、とてもすてきな奥様がいらっしゃるじゃないの」

「今ごろクシャミをしてますかな」

と、淳一は言って――ふと思った。

今まで考えていなかったが、南田秋子に「男」はいないのだろうか？

独身で、五十歳。――五十歳といえば、今なら充分に若い。

むしろ秋子は、あえて若く見せないようにしていると思えた。

三十年という時間は、一人の女としての秋子にとって、恋や結婚、出産といった出来事に出会っていておかしくない日々である。

その間、忙しいビジネスの世界で戦って来るには、諦めなければならないことも多かっただろう。しかし――恋というものは、たとえ寝る間もないほど忙しくても、わずかな隙間を通って火花を飛ばすものだ。

おそらく秋子も……。

淳一がそこまで考える必要はないかもしれないが。

――そして、考えない方が「平和」かもしれないが、そこには何か秘《ひ》められた事情があったのではないか。

確かに今の秋子には、男の気配はないが、何か胸の奥に抱えているものがあるのではないか、と淳一には思えた……。

「――失礼」

淳一のケータイが鳴ったのである。

個室を出ると、静かな廊下で、

「もしもし。何か出たか？」

と訊いた。

むろん相手は真弓である。

「今のところは何も」

と、真弓は言った。「爆弾の話が本当かどうか、先方が疑ってるみたい」

「当然だろうな」

〈星の教室〉の正体を探るための口実。――向うがそう考えてもおかしくない。

しかし、冗談ではなく、爆破予告は事実なのだ。

「予告まで、あと十五分よ」

「捜査を一旦中止して、学校の建物から離れた方がいい。犯人が時間にそう正確な人間かどうか分らないからな」

「そうするわ。それと、あの遠藤小百合ちゃんが、事務長の谷口良子が骨折して病院へ運ばれたって。群《むら》がって教師が車で運んで行くのを見たそうよ」

「骨折？　どこでどうしたのか、調べた方がいい」

「分ってるわ」

「ああ、それから、最近の転入生で、安田睦子という子がいる。母親がその子に会いに、そっちへ行くと思う。用心しててくれ」

「何に用心するの？」

「母親が殺されないように、保護してくれ」

「何の話？」

「後で説明する。ともかく一旦学校から離れろ」

「あ、忘れてた。――道田君！」

と、真弓は怒鳴った。


山崎真由子はブレーキを踏んだ。

警察が〈星の教室〉への坂道を封鎖している。

――何があったのだろう？

警察が車に近付いて来る。

「――何かあったんですか？」

と、真由子は訊いた。

「〈星の教室〉に爆弾を仕掛けたという電話がありまして」

「まあ！」

と、真由子は目を見開いて、「で、生徒たちは？」

「学校の外に避難しています。もうじき爆破予告の時間で……。あと七、八分かな」

「娘が生徒なんです！」

「分りました。じゃ、学校の手前で降りて下さい」

「ありがとう！」

車で一気に坂道を上る。

大勢の生徒や教師たちが、道に出ていた。

車を端へ寄せて停めると、真由子は車を降りた。

「睦子……」

生徒たちの中を歩きながら、睦子を捜す。

ハッとした。——睦子の姿が、大勢の間にチラリと覗いた。

「睦子！」

と呼んだが、ざわついていて、声は届かない。

真由子は人をかき分けて、睦子の方へと——。


そのとき——ズシン、足下に衝撃が伝わって、学校の建物で黒煙が上った。

「危い！　破片《はへん》に気を付けて！」

と叫んでいるのは、あの女刑事だった。

パラパラと、細かい粒が降っては来たが、けがをするほどではなかった。

「本当だったんだ！」

という生徒たちの声。

「お母さん！」

睦子が真由子を見付けて、駆けて来た。

「睦子。——無事で良かった！」

真由子は娘を抱きしめた。

「でも、お母さん……。どうしてここへ？」

「爆弾のことは、今、坂の下で聞いたの」

「それじゃ……」

「あなたに会いたかったのよ」

と、真由子は言って、娘の腕をしっかりつかんだ。

「——安田睦子さんはあなた？」

と、真弓がやって来る。

「そうです」

「娘が何か——」

「あなたはお母さん？」

「母です」

と、睦子が言った。

「山崎真由子と申します」

「そう。私と一緒に来て」

と、真弓が言ったとき、銃声がした。

「お母さん！」

真由子が崩《くず》れるように倒れた。

「誰も動かないで！」

と、真弓は怒鳴っておいて、倒れた山崎真由子を抱き起した。

「お母さん！」

睦子が母親にすがりつく。


「道田君！　手を貸して！」

と、真弓が呼ぶと、道田が猛然《もうぜん》と駆けて来た。

「真弓さん、大丈夫ですか！」

「この人をパトカーに乗せて。病院へ大急ぎで運ぶのよ」

「分りました」

道田が真由子を抱き上げる。

「お母さん——」

「睦子さんね？　一緒に来て」

「はい！」

「道田君、運転して」

「分りました！」

道田は真由子の体を後部座席に下ろすと、運転席に回った。

真弓は、睦子を助手席に座らせると、自分は真由子の体を支えて、

「行って！」

パトカーが下り坂を突っ走る。

「道田君！　事故起さないでよ！」

と、真弓が言ったほどだった。

「お母さん、どうですか？」

と、睦子が振り向いて訊いた。

「出血がね」

と、真弓が言った。

「ひどいですか？」

「そうね。弾丸が当ったにしては出血が少ないの」

「え？」

「大丈夫よ」

と、真由子が目を開けた。

「お母さん！」

「重傷と見せかけるために、ああいう倒れ方をしたのね。弾丸は脇腹をかすめてるだけだわ」

真弓の言葉に、睦子は、

「何だ！　お母さん、でもどうして……」

「話は後で」

と、真弓は言った。「道田君。病院の裏手につけて。この人が重体だってことにするから」

「分りました」

「主人からね、あなたが殺されないように気を付けてと言われてたの」

と、真弓が言った。「でも弾丸が当るのは防げなかった。だから、あなたは瀕死《ひんし》の重傷ってことにして、入院させる。睦子さんも、そのつもりで」

「分りました！」

睦子は嬉しくて涙を拭った。

「谷口良子の入院しているのと同じ病院ね」

と、真弓は言った。「他に近くには大きな病院がない。仕方ないわ」

「事務長さんが入院したんですか？」

と、睦子がびっくりして、「どうしたんですか？」

「階段を転げ落ちて、骨折したと聞いたわ」

と、真弓は言った。「でも、あなたは知らないことにしてね」

「分りました……」

パトカーは病院の裏手につけた。

「パトカーの中で待ってて。病院の幹部と話をつけて来る」

と、真弓はパトカーを降りて、「道田君、しっかり見ててよ」

「はい！」

道田は張り切って答えた。

「――お母さん」

睦子が後ろの座席に移ると、「痛む？」

「ええ」

と、真由子は肯いた。「でも、傷じゃないの。こんなお母さんだってことをあなたに隠してたことが、胸を痛めるのよ……」

「お母さん……」

「お母さんを許してね。いいえ、許せないでしょう。でも、それでもいい。死ぬ前に睦子にひと目会えた……」

「私――お母さんがどんな人でも、大好きだよ！」

睦子が力一杯真由子を抱きしめて、

「いたた……。痛いわ、睦子」

「ごめん！」

と、あわてて睦子が言った……。

14　崩れた壁

「騒がしいわね」

と、真弓は眉をひそめて空を見上げた。

カラスの大群が鳴いている——というわけではない。

〈星の教室〉の上空を、何機ものヘリコプターが飛び回っているのである。

爆破予告があって、全生徒を避難させていたら、本当に爆発が起ったのだ。ＴＶ局が早速ヘリを飛ばして上空から撮影しているのも当然だった。

学校の中にはまだ爆弾処理班しか入れていない。爆発物が他にも残っていないか、確かめてからでなくては、生徒たちを戻すわけにはいかない。


「車で取材に来るのもいますね、きっと」

と、道田が言った。

「仕方ないわね。あっちも仕事だから」

と、真弓にしては珍しく理解のあるところを見せたが、「だけど、ヘリがあんまりうるさいようだったら、撃墜《げきつい》して」

——病院とは話をつけて、山崎真由子は重体で〈面会謝絶《しゃぜつ》〉とすることになった。

話をつけた、というより、脅しつけた、と言った方が正確かもしれなかった……。

学校の外では、避難して来た生徒たちが、あれこれ話し合っていた。

「さすがに名門校ですね」

と、道田は感心していたが、生徒たちが心配しているのは、

「爆破されたのは、校舎？　寮？」

ということで、どうやら被害を受けたのは教室だけらしいと知って、

「やった！」

と喜んでいるのだった……。

「道田君、あのヘリ、ずいぶん下りて来てない？」

と、真弓は言った。

「そうですね。何だか……」

一機だけ、どんどん高度を下げて来る。

「校庭に着陸する気よ！」

真弓は急いで中へ入って行くと、廊下を駆け抜けた。

校庭に出ると、風が吹きつけて来て、ヘリが高さ一メートルほどの所で停る。

「――あら」

ヘリからポンと飛び下りたのは淳一とゆかりの二人だった。

ヘリはそのまま高く舞い上って行く。

「何よ！　ひと言知らせてくれれば」

「すまん。つい面倒で」

と、淳一が言った。「上から見たが、一部はかなりやられていたな」

「今、もう他に爆弾がないか、調べてるわ」

「それで安田睦子の母親は……」

淳一が小声で言うと、

「大丈夫よ。入院はしてるけど」

真弓の話を聞いて、淳一は、

「そうか。――娘に会えて良かったな」

と言った。「たぶん、大事な証人になるだろう。ちゃんと監視させておくんだな」

「心配ないわ。そう言われるだろうと思ったから、

普通の病室じゃない方がいいと思ってね……」

「特別室にでも入れたのか」

「それじゃ、却って目立つでしょ。あんまり人の来ない所。〈霊安室〉にベッドを持ち込んで入れることにしたのよ」

さすがに淳一も言葉が出なかったが……。

やっと咳払《せきばら》いして、

「――撃った人間は分ったのか」

と言った。

「それが、何しろ外は避難した生徒やら教師やらで一杯でね。誰が撃ったのか分らなかったの」

「そうか。全員の身体検査をしても、いつまでも銃を持ってるわけもないしな」

淳一は肯いて、「いずれ分る。〈星の教室〉の隠れた顔がはっきりしたらな」

「爆破された所をよく調べましょ」

――学校内はもう安全だという報告があって、真弓は教職員たちと話し合い、

「今日は授業を休み、生徒たちは寄宿舎へ戻らせる」

ことになった。

それを発表すると、生徒たちからは歓声が上った。

「正常な感覚だな」

と、淳一はそれを見て呟いた。

爆弾が仕掛けられたのは、校舎の裏手側の一画で、分厚い石造りの壁が崩れていた。

「――爆弾の破片などを捜索しますので、しばらく立ち入らないで下さい」

と、真弓は学校側へ伝えた。

淳一は、真弓と一緒に壁の崩れた所を見ていたが、と言った。

「よくできてるな」

「壁が、ってこと?」

と、真弓が訊く。

「ああ。よく見ろ。壁の表面は、いかにも古く見えるが、壊れた面を見ると真白だ。ずいぶん新しい」

「どういうこと？」

「この学校全体が、おそらくそう古い建物じゃないってことだ」

「それを分らせるために爆弾を仕掛けて――」

と言いかけて、小声になり、「まさか、あなたが？」

「俺か？　俺はただの泥棒だぜ。爆弾なんて物騒な物には縁がない」

と、淳一は真顔で言った。「それに、それだけの理由で、こんなに派手なことをやるか？」

「あら、伸子さん」

真弓は、高畑伸子が石の破片をよけながらやって来るのを見て、「来ない方がいいわよ。破片につまずいて転んだりしたら大変よ」

「ええ。でも、どうなってるのか心配で」

と、伸子は言った。「用務員だった主人なら、被害を確認したでしょうから」

「事務室の辺りは大丈夫でしょ」

「ええ。書類や資料が無事で良かったです」

淳一が、

「そういえば、事務長の――谷口さんといったかな？　入院したと聞いたが」

「階段から転落して。つい、あわててたんだと思います」

「珍しいわね。いつも冷静な感じの人だけど」

「そうですね。ご自分でも、自分に腹を立ててらっしゃいました」

と、伸子は言って、「ひどいですね。壁の崩れた所は」

「しかし、この位置なら、まず人の被害は出ないだろう。犯人はそれを承知で仕掛けてると思う」

「伸子さんも近付かないで。爆弾の破片も、処理班の人が捜すから」

「分りました。谷口さんにも様子を伝えておきます」

と、仲子は言った。

戻りかけた仲子へ、淳一は、

「谷口さんは地階へ下りようとして階段を転げ落ちたと聞いたが」

「はい、そうです」

「地階に何の用があったのか、訊いてるかね?」

「さあ……。ただ、もし地階に誰か避難の指示を聞いてない人がいたら、と心配していたそうですが」

「なるほど」

淳一は肯いた。「谷口さんに付き添っていたのかな?」

「はい。しばらくは病院に。ニュースで谷口さんの入院が流れて――。爆発でけがしたわけじゃないのに、って谷口さんは苦笑しておられました」

「そうか」

「入院した病院に、電話があったそうで、谷口さんの様子を訊いていたということです」

「誰からの電話だったの?」

と、真弓が訊いた。

「それが――谷口さんの息子だと名のったそうです」

「息子がいたの?」

「直接ご本人には訊いてませんけど……」

と、仲子は首を振って、「病院に来ると言ってたそうですから」

「じゃ、見舞に来たら、連絡をもらうように言っとくわ」

と、真弓は言った。「ありがとう」

仲子が行ってしまうと、

「ポイントは地階に何があるか、だな」

と、淳一は言った。「あの事務長をあわてさせるようなものが……」

「じゃ、谷口さんが転落したのは――」

「急いで地階へ行こうとしたからだろう」

「でも、骨折して動けなかったのよ」

「そうだ。その谷口良子に付き添っていたのは誰だ?」

「――伸子さんね」

「どうして、こんな爆破現場にやって来たと思う? 妊娠中の大事な体だ」

「つまり、私たちの動きを……」

「間違いないだろう。谷口良子に言われたのかどうか分らないが、警察が何を発見したか、何を捜してるか、どこかに報告することになってるんだろうな」

「伸子さんが?」

「考えてみろ。亭主は亡くなって、自分は身ごもってる。収入が途絶《とだ》えたら大変だ。この〈星の教室〉で働けるかどうかは大きい」

「そうね。悪気はなくても――」

「この学校の秘密に、いつの間にか係ってるかもしれないからな。下手に犯罪に手を染めない内に引き返させないと。とりあえずは、爆破の仕掛を調べることだな。爆弾の破片から辿って行けるだろう」

と、淳一は言った。


痛み止めのせいで、頭がボーッと、霧《きり》がかかったような状態だった。

だから、

「母さん。どうだい?」

と、息子の秀男が覗き込んでいるのを見ても、

「これは夢?」

と、いぶかっていた。

「大丈夫か?」

「――秀男?」

と、谷口良子は、かすれた声で言った。「本当に秀男なの？」

「当り前だろ」

と、秀男は笑って、「幽霊でも見たような顔してるぜ」

「だって……。どうしてあんた……」

「ニュースで見てさ。びっくりして飛んで来たんだ」

「そうなの……」

しかし、入院して、痛みに耐えている身にとって、思いがけず息子が駆けつけてくれたことは嬉しかった。いつの間にか涙がこぼれた。

「珍しいな、母さんが泣くなんて」

「いやだわ……。そこのタオル、取ってくれる？」

「ああ。——何があったんだい？」

「何でもないわ。階段を急いで下りようとして、足を踏み外したのよ」

「へえ。母さんでもそんなドジをやらかすんだな」

秀男はベッドの脇の椅子にかけると、「何かいる物とかないの？　食べたい物とか……」

「学校の人がやってくれるわ」

「ああ、そうだ。〈星の教室〉で爆発があったって？」

「爆破の予告があって……。でも、本当に爆発があったの？」

「ああ。そう言ってたぜ、ニュースじゃ」

「まあ……。大丈夫だったのかしら。けが人とか、生徒たちには——」

「誰もやられちゃいないって言ってたよ」

「本当？　良かった！」

良子は胸に手を当てた。

「母さんが唯一の被害者かな？」

「別にそういうわけじゃ……」

病室は個室で、シャワールームも付いている。

「立派な部屋だな」

と、秀男は病室の中を見渡して、「ここに住んじまおうかな」

「そんなこと……」

「女も誘ってさ。そこのソファなら、充分楽しめる」

「秀男」

と、良子が目を精一杯見開いた。

「冗談だよ」

「当り前でしょ。ともかく——ここに泊るのは構わないけど、あんたはソファで寝たりするのに慣れてないでしょ」

「そんなことよりさ」

と、秀男は少し声をひそめて、「じっくり確かめたいことがあるんだ」

と言ったのだった……。

15　裏庭

「あなた——弟さん？」

谷口良子の病室へ入ると、まず真弓は男に声をかけた。

「いいえ、息子です」

その男は谷口秀男と名のって、

「TVニュースで見て、びっくりしてやって来たんです」

今二十四歳だという。

「ずっと行方が分らなくて」

と、ベッドで谷口良子が言った。

「風来坊《ふうらいぼう》なんです」

と、秀男は自分で言って笑った。「〈星の教室〉の方はどうだったんですか？」

「爆発はあったわ。爆弾はかなり強力だったけど、幸いけが人はいない。——あなた以外はね」

「けがといっても……。お恥ずかしいです」

と、良子は言った。

「もう明日から授業は再開されるそうよ」

と、真弓は言った。「生徒さんたちはがっかりしてるようだけど」

「そうですか」

「でも——分らないのは、なぜ学校に爆弾を仕掛けたりしたのか、ってことね」

と、真弓は言った。「あなたに、何か心当りは？」

「さっぱりです」

と、良子は首を振って、「学校をそんなに恨んでいた人がいるなんて……」

「でも、恨みでなく、もっと他の理由が考えられるのでは？」

「といいますと……」

「お金。――この後、爆破すると脅して、お金を要求するってことも」

「でも、そんな……。学校にそんな大金はありませんわ」

と、良子は言った。「事務長の私が一番よく知っていますわ」

「それはそうね。でも、〈星の教室〉を経営している人たちには、あなたの知らない学校の裏があるかもしれない。――もちろん、〈星の教室〉にケチをつけてるわけじゃないのよ。ただ、〈星の教室〉には、どことなく謎めいた所があってね」

「どういうことでしょうか」

と、良子は少し眉をひそめた。

「――ひとつ伺いたいの」

と、真弓は言った。「あなたはどうして、そんなに急いで地下へ下りて行こうとしたの？　いつものあなたなら、もっと冷静に行動しているでしょうに」

良子は詰って、

「それは……」

と言いかけて言葉を呑み込むと、「誤解ですわ。私、もともと早とちりする名人なんです。事務の子たちに訊いてみて下さい。昨日自分で片付けた仕事を、若い子に言いつけたり、なんて年中です」

「それは確かめましょう。じゃ、どうぞお大事に」

真弓は話を中途半端に終わらせると、病室を出て行った。

「――何だか、よく分んない女だな」

と、秀男が言った。「ね、母さん、どうなんだい?」

「どうって?」

「俺も〈星の教室〉にゃ、何か隠してる裏の顔があるんじゃないかと思ってるんだ」

「何も分らないくせに、勝手なこと言ってなさい」

と、良子は天井へ目を向けて、「私にそんなことを言いに来たのなら、帰ってちょうだい。帰る所があるのならね」

「冷たいな」

と、秀男は笑って、「機嫌《きげん》直せよ。俺、近くの旅館に泊るよ。ビジネスホテルなんて洒落たものはないんだろ」

「あんた……。お金、持ってるの?」

「なあに、いざとなりゃ逃げるさ」

良子はため息をついた。——それぐらいのことはやりかねない息子だと分っている。

手を伸して、ベッドの脇の小さな引出しを開けると、財布を取り出した。

「さあ。——これ、持って行って」

一万円札を数枚渡すと、「旅館は、初めての客は先払いよ」

「分った。じゃ、また来るよ。何か欲しいものがあったら……」

「ケータイへかけるわ」

良子のケータイは失われてしまった。

高畑伸子が、新しいケータイを持って来てくれていた。

「それじゃ」

と、病室を出ようとして、「おっと……」

病室の入口で、入って来ようとする女性とぶつかりそうになったのだ。

「ごめんなさい!」

と、その女の子は恐縮した。

「誰？」

と、ベッドから良子が声をかける。

「遠藤です。遠藤小百合。事務長さんに、何か必要な物がないか、訊いて来いと言われて……」

「ああ、新人の子ね」

と、良子は少しホッとした様子で、「ありがとう。助かるわ」

「俺じゃだめなの？」

と、秀男が言ったが、

「行ってちょうだい」

と、良子は手で追い払うようにして、「女でないと分らないものがあるの」

「はいはい」

肩をすくめて、病室を出ると、秀男は、

「――ちょっと可愛い子だったな……」

と呟いた。

そして病室の中では、

「用心してね」

と、良子が言った。「息子だけど、軽い子でね」

「はあ……」

「たぶんあなたが病室を出て行ったら、秀男が待ってて、『何か手伝おうか』って声をかけて来るわ」

「そうなんですか」

と、小百合は言って笑った。

「我が子ながら、どうしてこうも似てないのかしらね。――あ、そうそう。もう少し入院は長引くと思うので、これを……」

しっかりメモしておいた。それを小百合に渡した。

「分りました。――すぐ揃えて持って来ます。でも、パジャマ、そんなに地味なのでなく、もっと明るく可愛いのにしましょうよ！　私、選んで来ますから」

小百合の明るい言い方に、良子はつい笑ってしまった。

面白い子だわ。――息子とやり合って気が重くなっていたのを忘れさせてくれるようだ。

「じゃ、よろしくね」

「はい」

「代金は――」

「大丈夫です。仮払いでもらって来てます」

そう言って、小百合は病室を出た。

「やあ」

本当に、秀男が待っていて、「何か手伝うことがあるかい?」

と訊いて来た。

小百合はおかしくて笑いそうになるのをこらえて、

「それじゃ、買物、付合ってもらえます?」

と言った。

「いいよ。お袋のものを買うんだろ?」

「じゃ、お願いします」

色々買うと、相当重くなりそうだが、うんと持たせてやろう、と小百合は思った……。


「お母さん」

ゆかりは社長室のドアを開けると、「今ちょっといい?」

「いいわよ」

南田秋子は社長の椅子にかけて、書類に目を通していたが、メガネを外すと、「ちょうどひと息入れようと思ってたの。下でコーヒーでも飲む?」

「ついでにケーキも?」

「もちろんよ」

と、秋子は笑った。

〈M商会〉のビルの地階に、静かなカフェがある。秋子の好みで、しっとりと落ちついた英国風のインテリアのカフェである。

「――ここのチーズケーキは本物ね」

と、ゆかりは言った。

「何か話があるの？」

「〈星の教室〉のこと、何か言って来た？」

「まだ色々大変なようだわ。爆発の跡を調べてるとあの刑事さんから」

「淳一さんから連絡が来ることになってるんだけど」

と、ゆかりは言った。「ねえ、これを見て」

テーブルに置いて広げたのは〈納品書〉とある書類で、

「例の、〈製造部〉が発注したことになってるんだけど」

「ずいぶん簡単ね。ちょっとしたメモくらいにしか見えない」

と、秋子はそれを手に取って、「大体、どこにも承認印がないわ」

「そう。誰の責任で発注して、納品したのか、パソコンの方には入ってないの」

「おかしいわね。それに、この品物は何なの？」

納品された品物の欄には〈TR132〉とあるだけだ。

「それに代金を見て」

「——五百万もしてるわ」

「私、その電話番号にかけてみたの。『お宅の〈TR132〉について伺いたいんですが』って」

「それで？」

「そしたら、『今〈TR132〉はとても人気でして、納品までに半年はかかります』って言うの。だから、『優秀な製品ですものね』って言ってやったら、『小型トラクターとしては国内トップです』って」

「トラクター？」

「会社のホームページを見たら、ただのトラクターじゃなくて、ショベルカーも兼ねてるみたい。あちこちの工事現場で人気みたいよ」

「まあ……。〈M商会〉は建設会社じゃないのに」

「どうする?」

と、ゆかりはコーヒーを飲みながら言った。

「そうね……。ゆかりはどう思う?」

十六歳のゆかりを、対等な大人として話している。ゆかりは嬉しかった。

「まだ何も知らないふりをしておいて、もう少し探ってみた方が」

「そうね。——あの今野淳一さんにも相談してみるといいかもしれない。そうでしょ?」

「お母さん、さすが! 娘の考えてることがよく分るね」

と、ゆかりは言った。「実は、もう淳一さんにメールしといたんだ」

「手早いわね。それで返事は?」

「それはまだ——」

と、ゆかりが言いかけると、

「お待たせしたね」

と、声がして、当の淳一が立っていた。

「淳一さん! 神出鬼没《しんしゅつきぼつ》ね」

「コーヒーの香りに誘われてね」

と、淳一も席に加わって、コーヒーを注文した。

「新任役員は鋭い目を持っているね」

「ありがとう」

「あの爆発のがれきを片付けるのにも使えそうだが」

と、淳一は言った。「しかし、注文はずっと前だしね」

「ということは……」

「まあ、先走らないで」

と、淳一は言った。

「やはり〈星の教室〉に何か秘密があるのね」

「慎重にしないとね。人が死んでるんだ。無茶はしないことだよ」

淳一の言葉を聞いた秋子が微笑んで、

「この子にそう言っても聞きませんよ」

と言った。

「それにしても、トラクターで何をするのかしら?」

と、ゆかりが言うと、

「そこはこれから探ろう」

と、淳一はコーヒーを飲んで言った。


TVでのインタビューには、真弓が答えていた。

「学校を爆破するという重大犯罪は、決して許すことはできません」

「何か新しい手掛りは?」

と、ニュースキャスターに訊かれて、

「犯人、犯行動機などは、まだ不明です」

「そうですか。何か番組で報道できるとありがたいんですが。上がうるさくて」

「それは気の毒ね。じゃ、一つ教えてあげるわ」

「お願いします!」

と、若くて、ちょっといい男のキャスターが嬉しそうに言った。

「爆弾の破片を回収し、調べた結果、犯人のものと思われる指紋が採取できました」

と、真弓は言った。

「それは凄いですね!」

「これから、関係者全員の指紋を採取し、照らし合せます」

「それじゃ犯人逮捕も目前ですね!」

「期待して下さい」

「ありがとうございました!」

TV局のクルーが引き上げて行くと、真弓はホッと息をついた。

インタビューは、「絵になる」ように、〈星の教室〉の爆破現場が背景だった。

ケータイに、淳一からかかって来た。

「――TV、見てたよ」

「あら、そう。私のTV映り、どうだった？」

と、真弓が言った。

「まああだな。髪が少し乱《みだ》れてたぞ」

「あらいやだ。教えてくれれば良かったのに」

「どうやって教えるんだ？」

「そこは愛情よ」

と、無茶を言って、「大体、どうしてここにいてくれないの？」

「それより指紋の話だ。本当なのか？」

「ええ、もちろんよ」

と、真弓は言った。「今道田君が全員の採取にご協力を、ってね！」

「しかし……」

淳一が首をかしげて、「犯人が、そんな失敗をするかな」

「しないわよ」

真弓は平然として、「見付かったのは私の指紋だもの」

と言った……。

16　壁の背後

「指紋の採取ですって？」

と言ったのは、都亮一だった。

「はい。爆弾犯を発見するためにも、ぜひご協力を」

と、真弓は言った。

「それはもちろん、協力は惜しみませんが」

「何か問題でも？」

「いや……」

都はちょっと口ごもって、「もしかして、生徒の指紋も？　全員ですか？」

「そのつもりです」

「しかしそれは——」

と、都は言いかけて、ちょっと咳払いすると、

「必要ならやむを得ないと思いますが、未成年の生徒たちの場合、父母の了解を取る必要があるのでは……」

「捜査上のことです。本件が解決すれば、採取した指紋のデータは、すべて処分します」

「そうですか。では……そのように説明しましょう」

と、都は言った。

「もちろん、まず教職員の全員からです。道田刑事が具体的なことを指示します」

「分りました……」

真弓は、爆破現場に一人残ると、ポケットからケータイを取り出した。

「もしもし。今の、聞こえてた？」

「ああ、しっかりな」

と、淳一が言った。「今話していた相手は都亮一だろ？」

「ええ、そうよ」

「姿をくらますかもしれないな。指紋を採られる前に」

「逃亡するっていうの？」

と、真弓は言った。「じゃ、射殺していいわね」

「ちょっと待て」

と、淳一はあわてて言った。「奴の指紋はともかく残っているはずだ。〈みやこりょういち〉として。ただし、〈都〉でなく、〈お宮〉の〈宮〉と〈古い〉と書く。〈良い〉〈市場〉の〈市〉だ」

「〈宮古良市〉？　どうして、そんなややこしいこと」

「元の名前ではいたくないが、何も悪いことをしたわけじゃない、という気持があるんだろう」

「知ってるのね？」

「もう十年近く前だ。宮古良市は、地方の女子高校の教師だった。そこで、女生徒が放課後に学校の中で襲《おそ》われる事件が起きた。生徒は犯人の顔を見ていなかったんだが、そのとき宮古が体育館でトレーニングしていたことが分って、すっかり犯人扱いされたんだ」

「でも、犯人じゃなかったの？」

「直接の証拠がなくて、宮古は逮捕されなかった。しかし、宮古がよそ者だったこともあって、町の人間たちは宮古を犯人だと思い込んでた。宮古はたまらなくなって町を出た。そして一年以上たってから、本当の犯人が捕まったんだ。町の娘を襲おうとして失敗してな」

「で、宮古の指紋は残ったってわけね」

「名前を変えたのは、疑われたときのことを知られたくなかったからだろう。もしかすると、本当の犯人が捕まったことを知らないのかもしれない」

「あなた、どうしてそんなことを知ってるの？」

と、真弓はいぶかしげに、「まさか女子校の先生をやってたわけじゃないわよね」

「その隣町が温泉で、事件のとき泊ってたんだ。地元の警察に頼まれて、捜査に協力した」

「どうして泥棒が捜査に協力したの？」

「地元の警官から、その学校の近くで話しかけられたんだ。呑気な町だったからな。それで、東京警視庁の刑事だと名のったら、すぐ信用してくれた」

「名のる方が図々しい」

「まあな。冗談のつもりだったんだが、本気で相談されて、そのとき、宮古に会ってるんだ」

「向うも憶えてる？」

「どうかな。——俺はひと目見て、こいつは犯人じゃないと思ったから、そう言っといた。逮捕は思い止《とど》まってくれたんだ」

「それで違う字の〈都〉になったわけね。でも、どうして〈星の教室〉にやって来たのかしら？」

「そこは気になってる」

と、淳一は言った。「身に覚えのない疑いをかけられて、その怒りから本当の犯罪者になっちまう者もある」

「じゃ、宮古も何か狙いがあって？」

「ともかく、引き止めてくれ。何か今回のことに係ってるような気がするんだ」

淳一の言い方に、真弓は、

「あなた。何か知ってるのね？　どうして爆弾が仕掛けられたか……」

「はっきりしたら、ちゃんと話すさ。夫婦なんだからな。そうだろ？」

「そうね。——つい、あなたには甘くなっちゃうわ」

と、真弓は言って、「じゃ、〈都〉先生を私の魅力で引き止めて来るわ」

「普通に引き止めればいいんだ」

と、淳一は少し力をこめて言った……。


「お出かけですか、都先生？」

と、高畑伸子は言った。

「ああ……。急な用でね」

都はボストンバッグを手に、寮の部屋を出たところだった。

「警察の方が、教職員の指紋を——」

「知ってる」

廊下には誰もいなかった。

「都先生——」

「僕には、何もやましいことはない」

と、都が言った。「ただ——指紋が警察に残っているんだ。ちょっとした事件でね」

「でも、姿を消したら、却って怪しいって思われませんか？」

と、伸子は言った。

「一旦取り調べを受けたりするとね、警察って奴は頭から怪しい奴だと決めてかかるものだ」

都はそう言って、「すまないが、僕は急な用で出かけると——」

「あわてる必要はありませんよ」

と、声がした。

真弓が立っていたのだ。

「刑事さん——」

「ご心配なく。〈宮〉に〈古い〉の〈宮古さん〉。——ご存じなかった？　以前の事件はもう本当の犯人が捕まってるんですよ」

「——何ですって？」

「本当です。ですから安心して指紋を採取して下さい。私は、あくまで公正に捜査に当る人間です」

と、真弓は胸を張って言った。

都は体の力が脱けて、

「どうやら、あなたのことは信じて良さそうだ」

と言った。

二人の話を聞いていた伸子は、

「何だか、私にはよく分りませんけど……」

と、当惑顔をしている。

「何も問題ないの」

と、真弓は微笑んで、「この人は〈都亮一〉先生。それでいいのよ」

都はホッとしたように、

「あなたのような刑事さんもいるんですな」

と言った。「分りました。高畑さん、すぐ行きます」

「はい、そう伝えます」

伸子が戻って行くと、都は真弓に会釈して、

「どうも……」

「安心して下さい。私は色メガネで人を見たりしません」

「ありがとう」

都は自分の部屋へ入ろうとして、ふと振り向くと、

「――この〈星の教室〉は、どことなくふしぎですよね？　そう思いませんか」

「同感ですわ」

と、真弓は言った。「あなたもそう思ってるのね？」

「ええ。興味があります。特に――地下にはね」

そう言って、都は部屋へと入って行った。

「〈TR132〉？」

と、南田秋子は訊き返した。「それは何なの？」

「私ども〈製造部〉がこのほど購入したトラクター

です」

と言ったのは、〈製造部〉チーフの大津佑美子だった。

「トラクター？　また珍しい物を買ったのね」

「コンパクトですが性能はいいという評判です」

「何に使おうとしているの？」

「〈製造部〉がもともと持っていた土地がありまして。そこに新たな事務棟を建てようと……」

と、大津佑美子は言った。「そこへ、〈星の教室〉から、あの爆弾で破壊された壁の片付けと修理について、『ご協力を』という呼びかけがあったのです。ちょうど〈TR132〉を購入したばかりなので、これも何かのご縁だろうと思いまして」

「その〈TR132〉を持って行こうというわけね？　それは結構なことですね。早速プランを立てて下さい」

「ありがとうございます」

佑美子が社長室を出て行くと、秋子はすぐにゆかりへ電話した。

「――じゃ、やはり？」

と、話を聞いてゆかりが言った。

「ええ。あなたから淳一さんに知らせてちょうだい」

「分ったわ。後は淳一さんと私に任せてちょうだい」

ゆかりの声は弾んでいた。

淳一は、地下への階段を下りながら、

「事務長の谷口良子は、この階段を急いで下っていて、足を踏み外し、転落した」

と言った。「地下に一体何があったのか」

「地下鉄が走ってる？」

と、真弓は言った。「冗談よ」

――倉庫の鍵は真弓が事務長から受け取って来て

いた。

鍵がカチャリと音をたてて回る。ドアは当り前に開いた。

明りのスイッチを押すと、少し間があって、LEDの照明がまぶしいほどの光を溢《あふ》れさせた。

「どことといって、変った所はないわね」

「まあ待て。じっくり拝見しようじゃないか」

そこはいかにも「倉庫」だった。スチールの棚がいくつも並び、天井まで届いた。

棚には大小の段ボール、そして、組立式のテーブルや折りたたみ椅子。

淳一はゆっくりと棚の間を歩いて行った。

広さはかなりある。――部屋の中央に当る部分に、少し広いスペースがあって、事務机と椅子。そして机の上にはパソコンが置かれていた。

「パスワードを聞いてあるわ。〈シリウス〉よ」

「〈星の教室〉にはぴったりだな」

淳一はパソコンを立ち上げた。

〈在庫一覧〉や、〈出入記録〉。――それぞれははっきりしていた。

「――特に怪しいものはなにもないわ」

「そこが怪しい」

と、淳一は言った。「あの〈製造部〉と同じだ。こんなに『何でもない』倉庫があるか？　これは言わば〈倉庫〉の見本のようなものだ」

パソコンを覗いても、謎は解けない。

「――どうするの？」

「まあ待て」

と言って淳一は、「入口のドアは閉めたか？」

「開けたままよ」

「そうか」

淳一はじっと目を閉じて、動かなかった。

――そして目を開くと、

「風が来る」

と言った。

「何ですって?」

「じっとしててみろ。ひんやりした風が頰をなでて行く」

「そう? ——ああ、本当ね」

と、真弓は肯いて、「でも、外じゃないのに、どこから?」

淳一はしばらくじっとしていたが——。

「奥からだ」

と言った。

倉庫の奥の壁面は、のっぺりとして、何も変ったところはない。

しかし、淳一はてのひらを壁に当てると、

「冷たい。この壁の向うには、おそらく空間がある」

「叩き壊す?」

「そんなことをしなくても。ここを開ける方法があるはずだ」

淳一は注意深く、壁面に沿って歩いてみた。

「床との間に、わずかな隙間がある。そこから風がやって来るんだ」

「外につながってるってこと?」

「そういうことになるな」

淳一は、しばらく壁の前を行きつ戻りつしていたが——。

「これだけの壁の重さはかなりのものだろう。手前に開くとすれば、床に何か跡がつくはずだ」

そして、ふと、「あのとき、階段から転落した谷口良子は、動けなかった。つまり、おそらく何かの指示を受け、急いでいて、足を踏み外した」

「つまり——指示を果《はた》せなかったはずね」

「転落した谷口良子を発見したのは?」

「高畑伸子さんだわ」

と言って、「——伸子さんが?」

「他に伝えられる相手はいなかったろう。谷口良子としては、他に選択肢はない」

「じゃ、伸子さんが秘密を知ってる？」

「まあ待て」

と、淳一は言って、改めて壁を眺めた。

少なくとも、大きな力を要することではない。良子も伸子も女性で、力といっても限られている。

淳一は入口の辺りまで退《さが》って、並んでいる棚を見直した。――棚に載せてある段ボール。

入口から奥の壁に向って立つと、ちょうど棚の間を、奥の壁まで見通すことになる。

その両側の棚……。

「――どうしたの？」

と、真弓が訊いた。

「見ろ。この左右二つの棚の一番上の荷物だ。いやに整然としてないか？」

「きちんと並んでるわね」

「他の棚は雑然としてるのに、この二つの一番上だけは、左右対称に置かれてる」

「だから？」

「動かしてみよう」

ところが、ただ棚に置いてあるだけに見えた段ボールが、何かで固定されてどれも動かないのだ。

「そうか」

淳一は一つずつの段ボールを、動くかどうかためした。そして、一つだけが棚の奥へと動いたのだ。

ゴーッという音が聞こえて来た。

そして、正面全体の壁がいきなり向う側に向って倒れたのだ。

むろん、静かに、ゆっくりと。

「やったわね」

「その向うに何があるかだな」

淳一は息をついて、「さあ、奥へ入ってみよう」

と言った……。

頑張って生きなくては！

一旦入院していた林田照子は、もう〈B〉のウエイトレスに復帰していた。

映画館の中で、上映中に殺された林田康の妻である。夫が何か物騒なことに手を出していて、殺されてしまった。

しかし、四十歳だった林田の子が、今二十二歳の照子の身に宿《やど》っている。

〈B〉で働きながら、

「何かいい仕事、ないかしら……」

と呟いている。

この先、子供を育てていくことを考えると、ウエイトレスの給料だけではとてもやっていけない。

「いらっしゃいませ！」

と、新しい客をテーブルに案内した。

客は、照子に、

「元気がいいね。何かいいことがあったの？」

と訊いた。


「ここは……何？」

と、真弓が言った。

「さてな」

淳一はポケットから取り出したペンシルライトで、辺りを照らした。小さいが、光量はある。

そこはかなり広い空間だった。

地下の倉庫から、さらに下り斜面になって、広い空間へとつながっていた。

そして、明りの中に浮かび上ったのは……。

「あれ――大砲？」

「迫撃砲だ」

と、淳一は言った。「それに、機関銃、小銃、あの箱の中は、手榴弾《しゅりゅうだん》と書いてある」

「ここで戦争しようっていうのかしら？」

「よく見ろ。どれも古い。何十年もたっている兵器だ」

「つまり……」

「戦時中に、ここに地下の隠れ家を掘《ほ》って作ってたんだな」

「まだ奥があるわ」

左右に、様々な兵器が積み上げてあり、その間を進むと、部屋になっていた。机を囲んで、十脚ほどの椅子。

机の上には大きな地図らしいものが広げてある。

「埃《ほこり》が積ってるわね」

「触るなよ。誰かが入ったと分らない方がいい」

と、淳一は言って、そっと地図を覗き込んだ。

「この辺りの山の中だな。——戦時中、軍部がここに隠れていたんだ。地図の上の矢印はたぶん敵が攻めて来たときの動きを予測してるんだろう」

「ずいぶん昔のものなのね。だけど……」

埃のせいか、真弓は息を吸い込むと——。

「ワックション！」

と、勢いよくクシャミをした。

地図の上の埃がフワッと飛び散った。

「おい……」

「仕方ないでしょ！　クシャミはこらえられないわ」

「まあいいか」

「誰かが来たって、分っちゃうわね」

「もちろん、ここへ入ってる人間はいたはずだ。おそらく、〈星の教室〉はこの地下壕を隠すように建てられたんだろう」

「どうして隠すの？」

「そこだ。ここに何か、価値のある物が……」

淳一はライトで周囲を照らした。そして、

「——今は引き上げよう」

「もっと調べないの？」

「連中が何を捜してるのかが問題だ」

と、淳一は言った。「様子を見よう。――かつての大日本帝国の軍隊は、国民には『ぜいたくは敵』と言って、あらゆる貴金属や財産を取り上げた。しかし、軍部の上の方では、何でも手に入ったのは有名だ」

「それは聞いたことあるわ。兵士の慰問《いもん》に行ったスターの家に、夜、『心ばかりのお礼です』といって、兵士が届けて来たのは、当時絶対手に入らない牛肉たっぷりの〈すき焼きセット〉だった、って……」

「本当なら、戦時中、国民に供出させた財産は、戦後返却するべきものだった。しかし、占領者のアメリカ軍に、昨日まで敵だった帝国軍人たちは、その集めた物を、自分の身を守るために使った」

「汚《きた》ないわね！」

「その一部が、どこかに隠してあるという話は、戦後何度も流れたが、どれも怪しげな作られた噂話だった。しかし――」

「ここには本当に存在する？」

「そう信じてる人間が、この地下壕の中をじっくり調査しようとしてるんだろう。今は引き上げて、様子を見よう」

二人は、倉庫へと戻って行った。

大型トラックが、ゆっくり坂道を上って来る。積荷の重さも相当あるだろう。

「最新型ね！」

感激した様子で、声を上げたのは、高畑伸子だった。

「こいつは役に立ちそうだ」

と、都が言った。「あのがれきの山を片付けられる」

トラックの荷台には、最新型のトラクターが乗せてあったのだ。

トラックは〈星の教室〉の正門前で停ると、そこでトラクターを下ろすことになった。

「僕が運転しよう」

都が身軽に飛び乗って、トラクターの運転席につくと、エンジンをかけた。

ガタガタと音をたてて、トラクターが荷台から斜面になったパネルの上を下りて来た。

「――都先生、器用なんですね」

と、伸子が言った。

都は正門の方へトラクターの向きを変えて、「もう少し他のことで器用だと言われたいがね」

と言った。

その音を聞きつけて、事務室の職員たちがみんな見物に来た。

そして、ちょうど授業が終って休み時間になったので、生徒たちも大勢表に出て来たのである。

「校舎の脇を回って、裏へ出ないといけない。このトラクターが通るのに邪魔になりそうな物はどかしておいてくれるか？」

「分りました」

男性職員と、女性でも若い子たちが小走りに駆けて行った。

「谷口さんに、このことを知らせておきましょうか」

と、伸子が言った。

「ああ。それがいい。スマホで動画を撮って送ってあげてくれるか」

「了解です！」

伸子がスマホを取り出して、正門からトラクターが入って来る様子を撮った。

そして、トラクターが向きを変え、校舎の外側を回って行くと、生徒たちは面白がって、それについて歩き出したのだった……。

17　狙われた椅子

反射神経。——すべては、それにかかっていた。
○・何秒かの差が、命を救ったのである。
それは——ごく普通のランチタイムだった。

ゆかりは、社長の南田秋子と一緒に、お昼を食べに出ていた。

「何でも、あなたの好きなものにして」

母娘といっても、ともかく秋子は忙しい。昼休みをしっかり取ることなどできないことがほとんどである。

たまたまお昼の約束がキャンセルになって、秋子とゆかり、二人でお昼を食べに出たのは珍しい幸運だった……。


「うーん……。どこにしようかな」

と、ゆかりが悩んでいる。

秋子は何といっても〈M商会〉の社長である。立ち食いソバで、というわけにはいかない。

といって、本格フレンチのランチでは、固苦しくてかなわない。

「それじゃ……あそこ！」

と、ゆかりが指さしたのは、外からガラス張りで中が丸見えになっている、若者に人気のイタリアレストランだった。

「お母さん、大丈夫？　ピザとかパスタとか——」

「平気よ。一メートルもあるピザが出て来ない限りはね」

と、秋子は笑って言った。

二階へ上ると、幸い窓際の席が空いたところだった。とりあえず、

「明るくていいわね」

と、秋子が言った。

「私、ピザ・マルゲリータ」

と、ゆかりは注文した。

秋子も、何とか選んでひと息ついて、

「これから年末にかけて忙しいわよ」

「忙しい、って、どんな風に?」

正直、ゆかりは忙しい状況も楽しみなのである。

今まで全く知らなかった世界。――ビジネスという世界に、十六歳の女の子が入って行こうというのだ。

もちろん、難しくて良く分らないこともあるが、それもまた「大人」の秘密を持つことだと思えたのである。

「忙しいけど、あなたはそう気にすることないの。ドッシリ構えて、部下が何か言って来たら指示する」

「でも、どうやって?」

「大丈夫。日程によって、必要とされる知識は違うから、前の晩に、明日訊かれることを勉強すればいい」

「一夜漬けだ! それ、私、大の得意」

と、ゆかりが笑った。

「ピザ、あちち……」

溶けたチーズが熱くて香ばしい。

秋子の方は和風のパスタ。

食べ始めると、しばらく話は途切れる。

そして――なぜゆかりがその車に気付いたのか、当人にも分らない。

ただ、ガラス越しに、車の混み方、空き方をチラ

チラ目の隅で見ているのが楽しかった。

それは、ごくありふれた黒い車で、ハイヤーかしら、とゆかりは思った。

だが、その車は普通に走って来て、ゆかりたちのいる店の前にさしかかると、急にスピードを落としたのだ。

すぐ後ろの車が危うく追突しかけて、クラクションを鳴らす。

そのクラクションの音を聞いて、ゆかりの目はその黒い車に向いた。

すると——車の窓のガラスがスッと下りて、そこから銃口が覗いたのである。

「危い！」

若い反射神経がものを言った。

ピザを投げ出すと、ゆかりは二人の間のテーブルをひっくり返し、秋子へとぶつかって行った。

同時にガラスが粉々になった。

床に折り重なって倒れたゆかりと秋子の上にガラスの破片が降り注《そそ》いだ。

「——お母さん！　大丈夫？」

と、ゆかりが訊くと、

「ええ……」

秋子は小さく肯いて、「パスタ、まだ半分しか食べてなかったわ……」

と言った。

「ショットガンですね」

と、真弓は言った。「また派手に粉々になったものだわ」

感心しちゃいられない。「逃げた黒い車については、今捜索中。でも黒い車は山ほどあるから難しいけど」

「——お店に迷惑かけたわ」

と、秋子が言った。「このガラス代は、うちが持ちます」

「でも、お母さん――」

「大丈夫。犯人が捕まったら払ってもらうわ。今は立て替えておくだけ」

「さすがお母さん」

と、ゆかりが笑った。

秋子の身に万一のことがあったら、〈M商会〉はどうなるだろう?

ゆかりは、考えることさえ辛かった。

「犯人の心当りは?」

と、真弓が訊いた。

「さあ……。こんな年寄を、どうして狙ったんでしょう」

「ただのお年寄ではないからですよ」

「本当よ」

ゆかりが、真弓へと深々と頭を下げる。「お願い、お母さんを守って」

「ゆかりちゃん。刑事さんは頑張って下さってるわ」

秋子はゆかりの肩に手をかけて、「パスタの脂汚れはどうやって落とせばいいか、知ってる?」


絶対、何か隠してやがるんだ……。

谷口秀男は、金の匂い、儲け話には鼻がきく。その点では自信があった。

あんまり自慢できる「自信」とは言えないが、それでも、これまでに大した金額でなくても、有名企業の秘密を探り当て、それをネタにゆすって稼いで来た。

とはいえ、やはり秀男はチンピラなので大手企業も、たいていは相手にしてくれない。

そこへ、〈星の教室〉の話が耳に入ったのだ。

――こいつは何かある!

秀男は直感した。

しかし、母の事務長谷口良子に訊いても何もしゃべってくれまい。

そうなると……。秀男は、この子なら手伝ってくれるとピンと来たのである。

「――ね、今度夕食でもどう?」

と、母の入院している病院の帰り、秀男は〈星の教室〉の事務室の新人、遠藤小百合を誘ったのだった。

「でも、事務長さんの見舞があるわ」

と、小百合はアイスティーを飲みながら言った。

「一日中、そばについてるわけじゃないだろ?」

「まあ、そうだけど……。今、学校は大変なのよ」

と、小百合は言った。

二人はハンバーガーショップに入っていた。

「〈星の教室〉って、ふしぎな名前だよな」

「そうね。でも、ロマンチックでいいじゃない?」

「爆弾事件の犯人は、もう捕まったのかい?」

「まだでしょ。ですから学校も落ちつかなくて」

「全く、誰があんなことやったのかな。ひどい奴がいるもんだ」

「そうですね」

「だけど――何が目的だったんだろう? 何か目当てになるものがなきゃ、あんなことしないだろう」

「そうですよね」

「君――何か耳にしてないか?」

わざとらしいさりげなさで、秀男は訊いた。

「何か、って?」

「つまり――あの〈星の教室〉には、何か秘密が隠されてるってことさ。でなきゃ、誰も爆弾なんか仕掛けない」

「そうですね。でも、どうしてそんなこと……」

「はっきり言おう。俺はね、金儲けが大好きなんだ」

秀男の言葉に、小百合は目を見開いた。秀男は続けて言った。

「金になることなら、たとえ法に触れても構わないと思ってる。君はどう？」

しばらく秀男を眺めていた小百合はフッと笑って、

「面白い人！　そんなことはっきり言う人って初めて見たわ」

「そうか？　でも、大金が手に入れば、誰だって少しは危いこともやってのけるのが人間さ。違うか？」

小百合はアイスティーをすっかり飲み干してしまうと、

「もう一つ、ハンバーガー、食べていい？　おごってくれる？」

「そんなもの、三つでも四つでも食べろよ」

「そんなに食べられませんよ」

小百合は、秀男にビッグサイズのチーズバーガーを買わせて豪快《ごうかい》にかみつくと、

「うん……。私も……お金、大好き」

と言った。

「そうか！　俺たち、気が合うな」

「でも……どうやって稼ぐの？」

「君の力を借りたいのさ。現にお袋のそばで面倒を見てるんだろ？　必ず何か怪しい連絡が入ると思うんだ」

「お母さんのこと、信用してないの？」

「信じてるさ。しかし、それとこれとは別だ。お袋には、〈星の教室〉が何より大事。そうだろ？」

「ああ、それは確かですね。ですから、学校のことをいつも心配してますよ。どんなに細かいことでも報告しろって言われてます」

「そうだろ？　お袋はそういう性格なんだ」

と、秀男は肯いて、「そこをうまく利用して、学校の秘密を探り出してくれないか」

「私が？　でも――」

「何かさ、学校でとんでもないことが起ってるとお

袋に吹き込むんだ。きっと、いても立ってもいられなくなる」

「それで？」

「どうしても学校へ行く、と言い出したら、後はこっちのもんさ。一人じゃ動けないんだ。君が手伝って、僕が車を運転する」

「目立ちますよ」

「そこをうまく考えるんだよ」

と、秀男は言った。

いい加減な奴！　小百合は内心呆れたが、あくまで表面上は、協力的なポーズ。

「じゃ、夜中に病院を抜け出す、っていうのはどうですか？」

「うん、それがいい！　君、頭がいいね」

「恐れ入ります。いつもよくそう言われています」

「学校の様子を探って来て、うまく口実になりそうなことをお袋に吹き込むんだ。お袋は必ず、自分が行かなきゃ、と言い出す」

「そうなれば……」

「お袋を動かすのは僕たちだ。お袋だって、一旦外へ出たら、僕らに頼らざるを得ないんだから」

秀男はすっかり前のめりになっている。

「分りました。何かネタがあったら連絡しますよ」

と、小百合は言った。

「うん。頼むぜ、相棒！」

そう言って、秀男が先に店を出て行く。

小百合はバッグからスマホを取り出すと、

「――聞こえてました？」

と訊いた。

「ずっと聞いてたぜ」

淳一は、小百合と秀男の会話を聞いていたのだ。

「どうしましょう？」

「何か秀男が喜びそうなネタを考え出そう」

と、淳一は言った。

「分りました！　お願いします！」

「おい、あんまり無茶はするなよ」

と、淳一は言い添えた。

18 覚悟

夜、静かにドアが開いた。

「どなた？」

ベッドから、山崎真由子は訊いた。

「具合はどうだ」

その声を聞いて、真由子は、

「あなたでしたか」

と言った。「もう大したことは……」

狙撃されて入院した真由子だが、さすがに〈霊安室〉にいつまでも置いておけず、今は使われていない古い病棟の一室に入っている。

「床がミシミシ音をたてるから、安全だな」

と、淳一は言った。

「ええ。でも――いずれ私は死ななくては」

と、真由子は言った。

「そう焦るな。娘さんがいる」

安田睦子は学校に戻っていた。

「でも、公《おおやけ》にはもう――」

「確かに死んだことになっている。あんたのためだ」

「私……今野さんもただものじゃないと思っています」

「そう見えるか？　修業が足りないな」

と、淳一は微笑んだ。

「ご存じの通り、私は人を殺して来ました」

「分ってる。しかし、あんたが逃げ出すことはないと思って、あえて見張りをつけていない」

「ありがたいです。——あの子に、睦子に、本当の母親の姿を見せるのは辛いです。でも、いつかは……」

「承知しているよ」

「そのときは、止めないで下さいね」

と、真由子は言った。

「止めない」

と、淳一は言った。「止めないが、どうせ命を捨てる気なら、〈星の教室〉の真実を暴《あば》いてからにしないか?」

「〈星の教室〉の? それはどういう……」

と言いかけて、真由子は、「睦子はあそこに通っているんです。そんな怪しげな——」

「爆弾が仕掛けられてたことは知ってるだろ?」

「ええ。あの子にも危険が?」


真由子は今にも起き出しそうだった。

「まあ落ちつけ」

と、淳一はなだめて、「あの地下には、昔の日本陸軍の秘密司令部がある」

「戦時中に作られたってことですか」

「そこに、かつて軍部が隠した財産が埋もれている。いや、そう信じている連中がいるんだ」

「そんな話、昔から何度も……」

「そうなんだ。今度だって、幻に終る可能性が高いと俺は見ている。しかし、人間、信じたいと思うと、目がくらむものさ」

「本当ですね」

と、真由子は小さく肯いた。「私も、今になって、一体何を人生に求めていたんだろう、って思っています。あんな可愛い我が子がいるのに、一時の気の迷いで、悪いことに手を染めてしまった……」

「今からだって遅くない。娘さんはまだ先があるんだ」

「でも……」

と言いかけて、「――今野さん。『遅くない』と……本当にそう思われます？」

真由子の目が潤《うる》んでいた。


「修ちゃん」

と呼ぶ声に、只野修は顔を上げて、

「何だ、女刑事さんか」

と言った。「気軽に真弓ちゃんとは呼べないね」

「別に構わないのよ」

真弓は、かつての家庭教師の肩をポンと叩いて、

「こんな所でのんびりしてていいの？」

「事務長のお見舞の帰りさ」

と、只野は言った。「この喫茶店のコーヒーは、ちゃんと豆から挽いていれてる。旨《うま》いんだぜ」

「じゃ私もいただくわ」

真弓は只野修と向い合って座った。

「ちょっと修ちゃんに訊きたいことがあってね」

「何だい？　怖いね」

「失礼ね。私が鬼みたいに言って」

「昔から、真弓ちゃんは、一旦こうと決めたら変えない子だったな」

「修ちゃんは、芸能界の、それもアイドル情報にやたら詳しかったわね」

「仕方ないだろ。別に集めてるつもりはなくても、ネタの方からやって来るんだ」

「そういう人っているのよね。――こいつにしゃべれば、アッという間に拡散すると分ってる人が」

「何だか馬鹿みたいだな、僕」

「同じ馬鹿でもね、役に立つ馬鹿と役に立たない馬鹿がいるのよ」

と、真弓は言った。

「それって……僕はどっち？」

「役に立ってほしいわね。昔なじみとしては」

真弓は運ばれて来たコーヒーをそのまま一口飲んで、「――本当だ。おいしいわ」

「ちょっとは役に立っただろ？」

「知ってることを話して」

「知ってることって……」

「〈星の教室〉の噂話や隠れた人間関係。その他何でも。修ちゃんの耳に入ってること。お金は出せないけど、このコーヒー代くらいなら、持ってもいいわ」

「厳しいね」

と、只野は苦笑した。「だけど――大体、どこか怪しげだろ、この〈星の教室〉自体。あんな山の中に突然現われて、しかも建物は元病院というが、長期療養用の施設だったのを、古い建物みたいに改装した。新しくきれいにするのなら分るけど、わざわざ古めかしく見せてるんだ」

「新しいことは、この間の爆弾で分ったわね」

「うん、破片とか、ずいぶん新しいものな」

「それでも、生徒の親ごさんたちから、子供を転校させるって声は出ないの？」

「事務長の谷口さんも気にしてたがね、今のところ、物騒だと言って子供をやめさせたのは二、三人ってことだよ」

「〈星の教室〉にいることにはメリットがあるの？」

「というか、入学に、コネを使って入ってるから、そう簡単にやめられない。もちろん、入学金、授業料でお金も使ってるしね」

「コネって？」

「真弓ちゃんもつかんでるんじゃないの？　防衛大臣の間広太郎だよ」

「そういうことね」

と、真弓は肯いて、「でも間が〈星の教室〉を始めたのはどういうわけ？」

「そこは極秘事項になってるから、僕にもはっきりしたことは……」

と、只野は言った。「ただね、谷口さんは明らかに間大臣と男女の仲だな」

「谷口さんがそう言ったの？」

「分るさ。電話してるとき、わざと席を外し廊下へ出てしゃべってる。廊下は静かで、あの人の声は大きい」

「間大臣には何のメリットが？」

「そこが核心だろ。あの建物のどこかに秘密が隠されてる」

「知っているのは——」

「神様ばかり。——プラス、二、三の女子高生」

「女子高生？」

「けしからんだろ？　教育者ともあろうもんが。女子高生を、こっちのホテルに間が泊るとき、何人かホテルに呼んでる」

「それはおこづかい稼ぎ？」

「そういうことだろうな」

「呆れたわね！　教育者を自称してるくせに」

「特に仲のいい子がいるんだ。僕とじゃないぜ」

「名前は？」

「小川《おがわ》アイリ。カタカナでね」

「その子は話を洩らしてくれそう？」

「今はね」

「というと？」

「何かあったらしいんだな、大臣と。それであんなのが大臣なんて、許せないよね、と言った」

「小川アイリね。助かったわ」

と、真弓は言って、財布を取り出すと、一万円札を何枚か抜いて渡した。

「ありがとう。助かるよ」

「それから、そのアイリちゃんを紹介してくれたら、追加料金払うわよ」

「いいとも。いつがいい？」

と、只野は身をのり出した……。

この子が？　——真弓はちょっとびっくりした。

「やあ、勉強で忙しいのに悪いね」

と、驚いた風でもなく口を開いたのは、もちろん淳一である。

「いいえ」

と、小川アイリは穏やかに微笑んで、「ずっと勉強していても、能率は上りません。少しは息抜きしないと。——特に、こんなおいしいフレンチのお店なんて……」

「役に立つかな？」

「はい、もちろん」

〈星の教室〉からは車で二時間。

隠れ家的なレストランは、味も上々だった。

「ワインもいけますね」

と、小川アイリはグラスを空にして言った。

「未成年？」

「あ、私、中高とヨーロッパにいたので、もう二十歳です」

と、アイリは言った。

「それで大人びてるのね」

「でも、それじゃつまらない、と言う方も」

と、アイリは肩をすくめて、「ヨーロッパじゃ、十代だって女は女ですけど、日本では二十過ぎても、幼い少女のイメージが大切なんです」

「間大臣も？」

アイリはちょっと笑って、

「よくご存じね。修ちゃんから？」

「只野修さんとは古いお付合なの」

と、真弓は言った。

「間大臣とは仲違《なかたが》いか？」

「言い方次第ですね。私のこと、面白がってはいるの」

「面白がってるって、どうして?」

と、真弓が言った。

「他の子みたいに、大臣に甘えたりしないから。大体、私、あの人のこと、『大臣』なんて呼ばないもの。『間さん』とか『広太郎さん』とか呼んでる」

「人は一度でも大臣をやると、いつまでも『大臣』と呼ばれたがるからな」

「そう！　そうなんですよね」

と、アイリは肯いて、「あれってふしぎね。いつまでも大臣でいるわけじゃないし、元の名前があるのに」

「それだけ、権力ってものには魅力があるんだろう」

「そうなんですね。きっと」

アイリはメインのステーキを食べ終えると、「それで——私にどういうお話が?」

「大臣——間さんから、〈星の教室〉について、何か聞いていることはない?」

と、真弓は訊いた。

「あそこの秘密?　ね、面白いですよね。あんな校舎をどうしようっていうんだろ」

「間の話に、何か手掛りはない?」

「何かあることは分ってるけど」

と、アイリは言った。「ただ——分ってるのは、あそこの地下に、何か秘密があるってこと。それも昔の戦争と係ってる」

「そんな話をしたのか?」

「間さんって、今六十五でしょ?　でも、まるで戦争に行ったみたいな口をきくのよ」

「太平洋戦争に?」

「ええ。『祖国を守るために戦った』とか言って。あそこに、軍の施設があったらしい」

「地下の司令部がね」

「やっぱり?」

アイリは目を見開いて、「私も、そんなことじゃないかと思ってた」

「間はそこのことを何か言ってた?」

「直接には何も。ただ、『あの学校は、尊い英霊《えいれい》の上に建ってるんだ』って」

「英霊か」

淳一は苦笑して、「間の目当ては、英霊じゃなくて、もっと具体的な金になるものだと思うよ」

「じゃ、いく度となく話題になった、終戦時に軍が隠した財産のこと?」

「その話はしなかった?」

「間さんが? そこまでは……。でも、あの爆弾事件で、『秘密が明るみに出る』と焦っていたわ」

「トラクターを買い込んだのも、本格的に調べるためでしょう」

と、真弓は言った。

食後のコーヒーになって、淳一は言った。

「あそこの近辺を調べ回るのに、学園はいい隠れみのになっていただろう。しかし、いざどこかを掘るには、生徒たちは邪魔になる」

「特別休暇だわ」

と、アイリが言った。

「そんなものが?」

「今日、先生から話があったわ。『例の爆弾事件を巡って、父母から不安な声が上っている。よって、改めて全館を徹底的に調査します!』ってね」

「ちょっと焦ってるのね」

と、真弓が言った。「地下司令部のことをかぎつけられたかと」

「私見たいわ!」

と、アイリが言った。

「案内してあげよう」

と、淳一が言った。

「本当に？　やった！」

飛び上りそうに嬉しそうなアイリは、大人びた女性から、いかにも女子高生らしい姿に見えた。

「それに、あの地下司令部だが、万一、財宝があるとしても、あそこにはあるまい」

「どうして？」

「真先にアメリカ軍が目をつけるさ」

「あ、そうか」

「でも、そもそもそんな財宝が存在するの？」

と、真弓が言った。

「考えてみろ。戦時中は、あらゆる金属類を供出させられた。何しろ『大砲にする』と言って、寺の釣《つり》鐘《がね》まで出させられたんだ。しかし、戦争が終っても、国民から捲《ま》き上げた財産は国民に返されなかった。軍の幹部や政治家たちが、占領軍のご機嫌を取って、戦犯にならないようにするためのワイロとして使われたんだ」

「図々しい！　射殺してやれば良かったのよ」

と、真弓が言った。

「もちろん、隠された分があるかどうかは別だが、あると信じる人間は後を絶たなかった……」

と、淳一は言った。「もし、あの学校の近くに埋っているとしたら……」

「見付けたら一割もらえるのかしら？」

とアイリが真顔で言った。

「どうかな」

と、淳一は言った。「君なら、間大臣から情報を訊き出せるんじゃないだろうか」

「私に？　面白い！　やってみるわ」

と、アイリは即座に答えた。

「ただし、無理は禁物だ」

と、淳一は注意した。「金が絡むと、人は狂《くる》ってくる。君が財宝のありかを調べていると分ったら、君の身に危険が及ぶこともあり得る」

「自分の身は自分で守れます」

と、アイリはきっぱり言った。

「それはそうだろうが――」

「それより、いい考えはありません？」

「大切なのは、いつも通りに振舞うことだ。怪しまれないためには、ごく自然に」

「大丈夫。私、いつも冷静よ」

と、アイリは自慢げに言って。「コーヒー、おかわりをもらうわ。ちょっと！」

と、ウエイトレスを呼んだ。

アイリはまるで急に大人びたように見えた。

「『大臣』は男ですよね」

と、アイリは言った。

「まあ、そうだね」

「私って、魅力あります？」

「もちろん」

と、淳一が言うと、真弓はちょっと眉をひそめたが、さすがに異議は唱《とな》えなかった。

「じゃ、簡単ですね」

と、アイリは言った。

「私、間さんと寝ます。きっと何か訊き出せるわ」

あまりにアッサリ言われたので、

「あ、そう」

と、真弓は言ったが――。

「おい、そんなことまでしてくれとは言ってないよ」

と、淳一もさすがにびっくりして言った。

「だって、いいじゃないですか」

と、アイリは、「何をびっくりしてるの？」と言いたげに、「私、もう恋人も何人か取り替えて来たし、おじさん一人誘惑するぐらいのこと」

「しかし――」

「もちろん、無理はしません。安心して」

「それならいいが……」

と、淳一は息をついた。

「でも立派な覚悟だわ」

と、真弓は言った。

「おい、そんなことを――」

「いざとなったら、大臣の股間を握り潰《つぶ》してやりなさい」

さらに過激になる真弓だった。

「その特別休暇はいつから？」

「この週末からですって。土日を含めて、来週の土日までだから、九日間ですね。本当はもっと早く休暇にしたかったらしいけど、一旦全生徒を自宅へ帰すので、受け容れる各家庭の方の都合が、そうすぐにはつかない、ってことのようです」

「なるほど」

裕福な家の子が多いので、学校としてはあまり無理が言えないのだろう。

「九日間か」

と、淳一は言った。「教師も動員されるのかな？」

「そうだと思います。九日間も休めるってみんな大喜びしたけど、先生は、『俺たちは強制労働に駆り出されるんだ』って、こぼしてたもの」

九日間とは思い切ったものだ。――それだけあれば、学園とその周囲をかなり広く調査できるだろう。

「問題は、その間、我々がどうやって監視するかだな」

「でも、私たち生徒も家に帰されるわけですから」

「何か手を考えよう」

と、淳一は言って、真弓の方へ目を向ける。

「いいアイデアは？」

「もちろん」

と、真弓は即座に肯いた。「今は何もないけど、その内、名案を思い付くわ」

「そう時間はないぜ」

「大丈夫よ。信じる者は救われるって言うわ」

聞いていて、アイリがちょっと笑うと、

「真弓さんって、本当にすてきな人ですね」

と言った。「私も、真弓さんみたいになりたい」

「でも、この人の妻は私一人よ」

と、真弓は真面目な顔で言った。

19　捨て身

「お休みになるの?」

と、ベッドから山崎真由子は言った。

「うん」

と、肯いたのは娘の睦子である。「この週末から、次の土日まで九日間！　ずっとお母さんのそばについていてられる」

「それは嬉しいけど……」

と、真由子は微笑んで、「お父さんが文句を言って来るわ」

「大丈夫よ。お父さん、佐知子さんのことしか目に入ってない」

「まさか、そんな――」

「この休みは、臨時だもの。家には黙ってりゃ分らないよ」

「そんなわけないわ。当然、学校から生徒の自宅へ連絡が行ってるはずよ」

「学校からの連絡なんて、佐知子さん、まるで見てもいないから。私、この近くのホテルを取って泊るね。この病室じゃ、ちょっと狭いものね」

真由子も、それ以上言わなかった。

毎日毎日、一日中娘の顔を見ていられたら、こんなに嬉しいことはない。ことに、この先、睦子と暮せるとは思えないから、余計である。

「ね、この病院の近くで、凄くおいしいコーヒーを飲ませる喫茶店を見付けたんだ。頼めば病室まで持って来てくれるって」

「まあ、すてきね。でも、この病室は――」

「分ってる。だから、私が病院の入口で受け取るようにする。飲みたいでしょ?」

「そうね。ぜひ」

「じゃ、ちょっと行って来る!」

睦子は張り切って出て行った。

――真由子は深く息をついた。

これまでに犯《おか》した罪を考えれば、自由でいられる時間は長くないだろう。

その先、裁判で長い日々、睦子と引き離されることになる。そして睦子は母親がどんな人間だったか、知るのだ。

マスコミが、睦子にも群がるかもしれない。人殺しの母親を持った中学生……。

「そうなる前に……」

と真由子は呟いた。

今野淳一は「焦るな」と言ってくれるが、真由子は決心していた。

何か、世のためになることに命を賭けようと。睦子が、母親のことを少しでも誇りに思ってくれるように……。

「特別休暇ね……」

九日間もの休みとは、どう考えても怪しい。〈星の教室〉が抱えている秘密と、きっと関係があるのだろう。

「そうだわ」

淳一たちの力になろう。命を捨てる思いで取り組めば、きっと何か成果をあげられる。

幸い、真由子の受けた銃弾の傷は大したことはなく、その気になれば、起きて行動することもできるだろう。

夜、病院を抜け出して、〈星の教室〉へ行ってみよう。どんな秘密を隠しているのか。

こうして、監視も付けずに、娘とも自由に会えるようにしてくれている、淳一と真弓の心づかいに報《むく》いなければ。

——少しして、睦子がポットに入れたコーヒーを運んで来てくれた。

それは確かに、おいしいコーヒーだった。

「——どう？」

と、睦子に訊かれて、

「いい味だわ」

と、真由子は言った。「こんなおいしいコーヒーを、睦子と二人で飲めるなんて。夢のようね」

「夢じゃないよ。これからずっと、お母さんのそばで、一緒にコーヒーを飲む」

「ありがとう。でも……。少しは聞いてるでしょ、お母さんのことを」

「知ってる。でも、信じてるよ。きっと一緒に暮らせるって」

「睦子……」

「お母さんが刑務所に入ったら、私も何か悪いことして、同じ刑務所に入ろう」

「そううまくいかないわよ」

と、真由子は笑ってしまった。

親子で、一緒に笑っていられる。——その幸せを、真由子はかみしめていた……。


「何だって？」

と、谷口秀男は訊き返した。「湖に潜《もぐ》る？」

「しっ！　声が大きいですよ！」

と、小百合はたしなめた。

「や、ごめん」

と、秀男はあわてて店の中を見回した。

いつもなら、ハンバーガーのお店ぐらいですませるのだが、今夜は、小百合の方から、「大事な話があります」

と言って来たのだ。「ですから、ハンバーガーじゃなくて、ハヤシライスにして」

具体的なメニューを指定して来るのには、秀男はびっくりしながらも、この洋食屋を予約したのだ。

すると、小百合の口から、

「秀男さん、泳げます？」

という問いが。

「泳げるか、って？　当り前だよ。僕はこう見えても、中学生のとき、県の水泳大会に——」

「凄い！　出たんですか？」

「出ようと思ったんだけど、申込の日を間違えてね」

「あら」

「しかし、どうして泳げるかなんて……」

と訊いたら、小百合が、

「湖に潜ってほしいんです」

と言った、というわけである。

「——しかし」

と、秀男はオムライスを食べながら、「湖なんて、あの辺にあったか？」

「湖というほどの大きさじゃないですけどね」

と、小百合は言った。「池にしては大きくて」

「ふーん。そんなものがあったの」

と、秀男はのんびりと言ったが、「それで——潜る？」

と、今さらのようにびっくりして、

「この寒いときに？　冗談やめろよ」

と笑った。

「真面目な話なんだけどな」

と、小百合は言った。「だって、秀男さん、お金大好きって言ってたから……」

「もちろん好きだよ」

「でも——冷たい水に潜るのって、大変ですものね。

やっぱり無理よね、うん」

一人で納得して、ハヤシライスを食べてしまうと、

「私、デザート食べたい！　頼んでいい？」

「ああ……」

「すみません！」

小百合はウエイトレスを呼んで、「私、プリン・アラモード！　洋食屋さんのデザートはこれよね！」

オムライスを、あとひと口ふた口で食べ終るところだった秀男もあわてて、

「僕も、プリン・アラモード！」

と追加した。

空の皿がさげられて行くと、秀男は、

「――本気なの？」

と訊いた。「その湖――だか池だかが、お金になるって？」

「大きな声で言わないで」

と、小百合は身をのり出して、「どこで誰が聞いてるともしれないでしょ。『お金』って言葉は耳に入りやすいんですよ」

「それは分るけど……」

「これは地元の警察が隠してることなんですけど。――私、学園に来る署長さんと、ちょっと仲良くなって」

「『仲良く』って、君、まさか……」

「そんなこと気にしないの。私、もともと中年のおじさんたちに人気があってね。コロッといっちゃうのよ。たいていの人」

「あ、そう」

「ベッドの中で聞いたの。その湖からね、金の延《の》べ棒が見付かったんですって」

たちまち秀男の目が輝いた。

「でも、これ、まだ絶対に誰にも言っちゃだめですよ」

「うん。もちろん！　それでそれは本物だったの？」

「そりゃそうよ。でも今は倉庫に厳重に保管されてるんですって」

「じゃ……本当なんだな」

　秀男はついニヤニヤして、「で、それ一本だけってこと、ないよな」

「普通、そんなことあり得ないでしょ」

「そうだよな！　う～ん、やっぱり本当だったんだ、宝が眠ってるってのは」

「じゃ、潜ってくれるわよね」

　そう言われると、秀男はちょっと目をそらして、

「まあ……他にやる人間がいなかったら」

「ええ？　何か頼りないなあ」

と、小百合が眉をひそめる。「やる気あります？」

「もちろんあるよ。でも――」

　ちょうど、二人の前にプリン・アラモードが置かれた。秀男は、

「これ、食べてから考えよう」

「関係ないんじゃない？」

　ともかく、プリン・アラモードを食べて、

「――お袋に相談してみよう」

「え？　まさか、事務長さんに湖へ潜れって？」

「違うよ！　本当に湖の底に宝が隠されてるのか、ってことさ」

「そんなこと、分らないんじゃないですか？　極秘だからみんな知らないわけで」

「まあね。でも……早まっちゃいけないと思うんだよな」

「もういいです」

と、小百合は投げやりな口調になって、「お金になりそうな話だから、探って来たのに。やる気なければ、私、他の人を捜します」

「な、ちょっと待てよ」

「その代り、宝が見付かっても、あなたにはひとか

けらも回りませんから」

「そこまで言わなくたって……。分ったよ」

秀男は肩をすくめて、「正直に言うと、僕は泳ぐのがあんまり得意じゃないんだ」

「それならそう言えばいいのに」

「だって……男のプライドってもんがあるだろ?」

「今どき、はやりませんよ」

と、小百合はアッサリ片付けた。「じゃ、誰か潜る人を見付けないと」

「いや、待てよ!　何も潜らないと言ってやしない。ただ、泳ぐのが得意じゃないって言っただけだ」

「でも――」

「潜るのは、カナヅチでもできるって聞いたことあるぞ」

と、秀男は言った。

「本当?」

「ま、もちろん泳げた方が水になじむだろうけどな」

「でも、やる気なんですよね?」

「そりゃまあ……。ね、どれくらい水は冷たいかな?」

「知りません」

「そんな……。潜る方の身になってくれよ」

「道具、いるでしょ?　酸素ボンベとか、口にくわえるやつとか」

「そうか!　そういう物を、まず揃えないとな」

と、秀男はホッとしている。

「私、ネットで買います」

と、小百合は言った。

「うん、そうだね」

「それで――生命保険、入ってます?」

と、小百合は訊いた。

20　掘る

「事務長さん、ゆうべはよく眠れました？」

　病室のドアを開けて、中へ入りながら、高畑伸子は訊いたが、二、三歩足を進めた所で立ち止って目を疑った。

「――何してるんですか、事務長さん！」

と、伸子は思わず声を上げた。

「大きな声を出さないで」

と、谷口良子はたしなめるように言った。

「でも……。びっくりして」

　伸子がびっくりしたのは、ひどい骨折で動けないはずの谷口良子が、ベッドに腰かけて、しかも仕事用のスーツをきちんと身につけていたからである。

「ちょっと大変だったわ。これだけのものを着るだけでも」

と、良子は言った。

「どうしてそんな……」

と、伸子は言った。「まだしばらく動かないようにと言われてるじゃありませんか」

　良子は微笑んで、

「いつまでも休んでいられないわ」

「でも――今日から〈星の教室〉はお休みなんですよ。私、お話ししませんでしたっけ。今日から来週一杯……」

「ちゃんと聞いてたわ」

「それじゃ――」

「だからこそよ」

「事務長さん……」

「今日から学園で何があるのか、私も詳しいことは知らないわ。でも、とても大切なことなのは間違いない。そこに事務長の私が居合せないわけにはいかないわ」

良子の声はしっかりして、譲る気配はなかった。

仲子はちょっと息をついて、

「承知しました。それじゃ……」

「車椅子を持って来て。いくら私でも、学園まで駆け上れないから」

「分りました。病院のを借りて来ます。車で上まで行ったら、また私が押しますから」

「よろしく」

と、良子は肯いて、「もっと早く思い付いていれば――」

「早速、最新鋭の車椅子を注文しましょう」

仲子は病室を出ようとした。

「仲子さん」

と、呼び止められて振り向く。「お医者様には、もうお話ししてあるの。もちろん、喜んで外出の許可を出して下さったわけじゃないけどね」

仲子は、病室を出ると、少し離れてから、スマホを取り出して発信した。

「――あ、もしもし。高畑仲子です」

「どうした？」

「今日から学校はお休みですね。でも、事務長さんが、何がなんでも学校へ行くとおっしゃって。車椅子を用意することにしたんですが」

「そうか。あいつらしいな」

「それで――どうしましょうか？　もちろん、私がずっとご一緒しますけれど」

「そうだな。良子にこれ以上は任せられないだろう。

お前は分ってるな」

「お話は伺っていますから。でも、事務長さんは、やっぱりみんなに好かれていますし……」

「しかし、車椅子で、現場へ行けば、けがは悪化するかもしれない」

「ご自分でも、それは分っておいでだと思います」

「うむ。――現場には何かと危険もある。事故が起きないとも限らない。そうだろう?」

「それは……」

「心配するな。良子には充分報いてやるべきだ。どうするか、こちらで相談する。お前は安心して学園へ行け」

「分りました」

伸子は少し安堵《あんど》したように息をつくと、エレベーターへと急いだ。


「時間はあります。でも、捜す範囲は広い。どれだけ時間があっても、充分というわけではありません」

と、社長の訓辞よろしく声を上げているのは、大津佑美子。

〈M商会〉の〈製造部〉のチーフである。

「では早速取りかかりましょう」

と、大津佑美子は続けた。「ここの事務の人たちは残ってないでしょうね。生徒も」

〈星の教室〉の裏手に当る広場である。

大津佑美子は、いつものスーツ姿ではなく、ジャンパーにジーンズというスタイル。

「みんな、突然休暇が取れて、大喜びしています」

学園の事務室の年輩の女性が言った。他に男が二人、参加していた。

他にはマスクをした、作業服姿の男が十人ほど。

そして――広場のど真中には、〈TR132〉がデンと居座っている。

「じゃ、頼んだわよ」

と、佑美子が肯いて見せると――。

現われたのは、作業服姿の都亮一だった。

「さて」

と、都はトラクターの運転席に座ると、キーを回してエンジンをかけた。「どの辺から掘り始めるんだ？」

「まず、この広場よ。校舎の近くを捜して、それから少しずつ範囲を広げて行くの」

と、佑美子は言った。「ちゃんと運転できるんでしょうね？」

「むろんだ。――あの旗の辺りが目印だったな」

校舎から少し広場の方へ離れた辺りに、棒が打ち込んであり、赤い旗が付いていた。

「そうよ。始めて」

と、佑美子が少し退《さ》がって言った。

エンジン音を響かせながら、トラクター〈ＴＲ１３２〉が進み始めたが――。

「おい」

と、都がトラクターを止めて、「あの旗、あんなに校舎の近くに立ってたか？　確か、もう少し手前に……」

と、ちょっと首をかしげた。

「何を言ってるの！　早くしなさい」

と、佑美子が苛々とした声を上げる。

「分ってるよ。そうカリカリしなさんな」

と、都がまたトラクターを動かそうとしたとき、

「まあ、ご苦労さま！」

と、声がして、車椅子の谷口良子が現われた。

「谷口さん！」

佑美子が目を丸くして、「何してるの？　入院中でしょう」

「どうしても、とおっしゃって」

と、車椅子を押して来た高畑伸子が言った。

「それにしても――」

と、佑美子が何か言いたげにしたが、それをピシャリと抑えるように、良子が、

「学校のことは、すべて私の責任です」

と、言った。「何があっても、来ないわけにはいきません」

さすがに佑美子もそれ以上は言えなかった。

何といっても、ここは〈星の教室〉の敷地である。関係があるといっても、〈M商会〉の佑美子が良子に命令するわけにいかないのだ。

「それじゃ……。危険があるといけませんから、少し離れて見ていて下さい」

と、佑美子は渋々言って、伸子は車椅子を押してトラクターから距離を取った。

「――それじゃ、続けて」

と、佑美子が肯いて見せると、都は、

「しかし、おかしいな……」

と、首をかしげつつ、トラクターを前進させた。

重々しい地響きをたてながら、トラクターは赤い旗のそばまで行ったが……。

ギリギリ、メリメリ……。

何かがこすれるか歪《ゆが》んでいくような音が辺りに広がった。そして――。

突然、トラクターの下の地面がぐっと下った。

「おい!」

都がギアをバックに入れ、トラクターを後退させようとしたが、遅かった。

トラクターの下の地面が四角く切り取ったように、ズボッと落下した。

トラクターは完全に見えなくなってしまった。そして、ズシンという音と共に、トラクターは地面の中へ――。

「――どうなってるの!」

と、佑美子が唖然として言った。「こんな馬鹿な

こと！」

そこへ、

「まあ、とんでもないことになったのね！」

と、声がした。

「——刑事さん」

と、良子が言った。

真弓が、道田刑事を連れてやって来たのである。

「穴があいちゃったのね！　でも、どうして……」

真弓は足下に気を付けながら、穴の中を覗き込んだ。「トラクターを運転してたのは？」

「都先生です……」

と、伸子が言った。

「まあ。無事かしらね！　——都さん！　大丈夫ですか？」

と、下に向って呼びかけると、少し間があって、下から、

「何とか無事です！」

と、都の声が返って来た。「トラクターも壊れてませんよ！」

「良かったわ。そこは……」

「いや、信じられない！　ここはずっと秘密にされていた、戦争中の地下司令部ですよ、きっと」

と、都が言った。「旧日本軍の兵器が……。どれくらいあるか、見当がつかない」

「それは大発見だわ」

と、真弓は言った。「工事が始まると聞いたので、もし爆弾が残っていたら危険だと思って来たんです。まさか、こんな大発見に立ち合うなんて」

「トラクターを持ち上げますか？」

と、道田が言った。

「大変な作業よ。何しろ軽くないからね」

「穴のへりから、板を下へ斜めに差し込んで下さい！」

と、都が言った。「二本あれば、上って行けます

よ。自力で」

「その方が早そうね」

「下りて来て、見て下さいよ！　こいつは凄い！」

都は、すっかり興奮している。

「どうしましょう……」

と、汗を拭いているのは大津佑美子だ。

「――これは話題になりますよ」

と、都は言った。

「話題に……ね」

と、佑美子が呟いたが――。

「ねえちょっと！」

と、佑美子は叫んだ。「写真撮ったりしないでよ」

すると、都が答えた。

「今、SNSに投稿したところですよ」

大津佑美子はただ呆然としていた。

もちろん、当人はSNSやAIについて、プロ並みの知識と技能を持っていると自覚していた。自信もあった。しかし……。

都の運転するトラクターが、地下の旧日本帝国陸軍の秘密司令部と思われる空間へ落下。

都がその様子を手早くスマホで撮って、SNSへ投稿してから、わずか十五分後には、ネットに〈大発見！　地下の司令部の謎！〉だの〈かつての軍隊の兵器が大量に！　戦車から大砲まで！　いくらの値がつくか！〉だのと……。

中には〈スクラップ業者ですが、言い値で買い取ります！〉なんてのまでが登場。

ネットニュースには都の写真がそのまま出て、〈星の教室〉の電話は鳴りっ放し。

出ないでいると、どこで調べたのか、都や高畑伸子のケータイにまでいくつものTV局からかかって来て、

「独占取材をお願いします！」

「二十分でヘリを向わせます！　生中継で！」

ろくに返事もできない内に、早くも頭上にはヘリの音が響いて来た。

ここまで、わずか三十分。

佑美子は、なすすべもなく、立ち尽くしていた。

「観光名所になりそうね」

と、真弓が言った。「ところで、大津さんだっけ？」

「は……」

「あなた、〈星の教室〉の人じゃないでしょう？　確か〈M商会〉の社員よね」

「そうですけど……」

「でも、どうしてこの場にいて、仕切ってるわけ？」

「それは……」

と、佑美子は口ごもって、「あの――ちょっとすみません」

スマホに着信があって、出ると、

「あの――申し訳ありません。まさかこんなことになるとは……」

と、情ない声で言っている。

焦っているので、人に聞かれないように離れた場所へ行くということもできないのである。

「はい、先生、ここではもう……。あの――お許し下さい！　私としては精一杯……」

と、ついに泣き出してしまった。

一番のりで駆けつけて来たTVクルーが早速涙ながらに電話で話している佑美子を、わけも分らず撮って生中継していたのである。

その間に、都の指示で穴の中へと斜めに板を渡し、トラクターはバックして地上へ戻って来た。

「やれやれ、びっくりした」

と、都は息をついて、「――どうしたんです？　何で泣いているんですか、彼女？」

と、佑美子を見て首をかしげている。

「女心は傷つきやすくできているのよ」

と、真弓が言った。「道田君、この穴の中に、誰も勝手に入らないように、ロープを張って」

「分りました！」

道田が、作業服姿で集まっている男たちを指揮して、穴の周囲にロープを張りめぐらせる。

「中を見せて下さい！」

というTV局のクルーを、

「警察は公務員ですからね」

と、真弓は押し止めて、「公開するときはすべて公平に、同時に入れます」

「そんなこと言わないで。ちょっと覗くぐらいなら」

と、しつこく食い下るキャスターに、真弓は、

「どうしても入りたい？」

「ええ、どうしても！」

「まあ……絶対にだめとは言わないけど……」

「じゃ、いいんですね！」

「あなた、家族は？」

「え？　——妻と子供が二人」

「じゃ、生命保険に入ってる？」

「どうして保険が……」

「地下には旧日本軍の兵器が沢山ある。ということは、弾薬や爆弾もあるということよ。もし、何かの弾みで爆発したら、あなたの体はバラバラになって飛び散るでしょう。それを覚悟で入るというのなら止めないわ。その代り、ここで遺影に使う写真を撮って行ってね」

キャスターが真青になった。

「——どうする？」

「あの……やはり抜け駆けはよくないですよね。許可が出るまで待たせていただきます、はい」

「それでいいのよ」

と、真弓はキャスターの肩を叩いて、「奥さんも、

あなたの深い愛情に感謝するでしょう」

そこへ、ヘリコプターの音が近付いて来た。

「何?　こんなに低く……」

と、真弓が風で髪が乱れるのを気にしていると、ヘリは校庭に着陸した。

「――やあ、ご苦労」

ヘリから真先に降りて来たのは淳一だった。

「ずいぶん早いのね」

「ネットのニュースより早く、知らせてくれる人がいてね」

と、淳一は言って、「お二人を連れて来た」

ヘリから降りて来たのは、南田秋子とゆかりだった。

「娘を〈星の教室〉に通わせている母親として、危険な穴があいたとあっては、放っておけません」

と、秋子は言ってから、「あら、〈製造部〉の大津さんじゃないの」

「はあ……」

「トラクターがこんなことになるとは、予想外だったわ。あなたも、もちろんそうでしょ?」

「え、ええ……。もちろんです」

「学校の再建のために、他に爆弾などがないか、調べてたのよね」

「そう――そうです」

「間違っても、旧日本軍がこの辺に埋めた財宝を狙ってたわけじゃないでしょ?」

「そんなこと!　とんでもない……」

「それを狙って、泥棒も集合してるかもしれないわ」

と言ったのは真弓だった。

淳一が、それを聞いて、

「いや、そうは思わないな」

「そう?」

「『ちゃんとした泥棒』なら、そんな物を盗もうとは思わないさ」

「『ちゃんとした泥棒』って何なの？」

「それはだな……」

と、淳一はちょっとためらっていたが、そこへ、ゆかりが、

「私、分る気がするわ」

と言った。「盗みはしても、人間であることを忘れない泥棒よ。私、そういう人がいるって信じてる」

さらに人数が増えていた取材陣は淳一や真弓の会話も聞こえていたが、「泥棒の人間性」よりも「旧日本軍の埋めた財宝」の方がスクープだったらしく、

「それって、何のことですか？」

「本当に財宝があると？」

「確かな根拠のある話ですか？」

と、一オクターブ高い声になって、真弓に迫って来た。

「そう訊かれても、困るわね」

と、真弓は首をかしげて、「根拠は、あると言えばある。ないと言えばない」

「そんな……」

「捜すの、手伝ってくれる？」

「もちろんです！」

「見付けても一割のお礼は出ないでしょうけどね」

真弓のいい加減な話は、却って興味をかき立て〈謎の財宝のありかは！〉とＴＶの画面に躍ったのである……。

21　時の廃墟

自意識過剰の認識不足。

――正にその典型みたいだ、と小川アイリは思った。

これまでも、話していて、そんなに面白い相手だとは思わなかったが、それでもアイリに縁のない政界の裏話など、おしゃべりのネタとしては使えるところもあった。

しかし、会話でない交流――要するにベッドで寝てみると、これが何とも退屈で……。もちろん、面と向って、現職の大臣にそうは言わない。

それなりに楽しんでいるふりはしたものの、相手の間広太郎は、六十五歳という年齢にしては頑張っていたが、その「頑張っている」ところを、自信たっぷりに見せつけるのが、アイリから見ると「粋じゃない」のである。

ホテルのベッドで、アイリはウトウトしていた。

そこへ、ケータイの鳴る音。

ケータイを手に取った間は、

「何だ」

と、不機嫌な声を出した。「――今から？　何時だと思ってる。――そうか。分った。上って来い」

誰かやって来るらしい。

アイリは、淳一に頼まれたことを忘れていなかった。

ああいう人に抱かれたいわね、と思いつつ、わざと深々と息をついて、寝返りを打って、間の方へ背中を向けた。

スイートルームなので、リビングスペースと寝室は分れているが、間の仕切りはカーテンのみ。

間はガウンを着て、リビングの方へ出て行った。ドアをノックする音。——間が、ドアを開けて、

「入れ」

ドアが閉ると、

「あの……誰か……」

女の声で、ベッドの方に誰かいると察しているのだろう、気にしている。

「大丈夫だ。ぐっすり眠ってる」

と、間は言った。「それに聞いたって、何のことか分らん」

少し間があって、女が、

「女の子ですね。高校生とか……」

「お前に関係なかろう」

間が切り捨てるように言うと、「あのざまは何だ」

と、苛立ちを見せた。

「申し訳ありません。まさかあんなことになるとは……」

「しかも何だ！　ＴＶカメラの前でメソメソ泣いたりして。うまく取りつくろうのがお前の仕事だろう」

「それは……。でも、大臣のご意向に沿えなかったのが悔《くや》しくて……」

あの女か、とアイリは思った。

〈星の教室〉で、地下の司令部跡が発見されて、マスコミが押し寄せたとき、生中継で泣いているところを映された女だ。

アイリはしっかりＴＶの情報も耳にしていた。間は、「今どきの女子高生」がＴＶのニュースなど見ない、と思っているのだろう。

「ともかく、あそこまで話が広がっては、〈M商会〉とのつながりが明るみに出かねん。お前は早く辞めてどこかへ行け」

突き放すような言い方に、女の方もショックだったようで、

「大臣、あんまりな言い方です。私は大臣のために精一杯――」

声が震えている。

「またここで泣くつもりか?」

と、間は馬鹿にしたような口調で、「金はやる。ともかくマスコミに捕まらない所に隠れていろ」

と言った。

「お金なんかいりません! 私のこれまでの――」

「いい加減にしろ。俺はな、若い子を相手に頑張って疲れてるんだ。もう出て行け」

何とまあ、女心をまるで分ってない男だこと、とアイリは呆れた。

「若い子がそんなにいいんですか」

と、女が今にも叫び出しそうに、「私には、『やっぱりお前ぐらいの年齢の女が一番だ』とおっしゃったくせに!」

「頭を冷やせ。使いものになると思ったからいい思いをさせてやった。役に立たんのなら用はない」

すると――バッグから何かが落ちる音がして、

「おい! 何のつもりだ!」

間が声を上げた。そして――銃声がした。

たぶん銃声に違いないだろう。

アイリはさすがに怖くなったが、ここで騒いだりしたら、こっちも危い。

そっと目を開けてみると、仕切りのカーテンを少し開けて、間がこっちを覗いている。

ということは……。

「――何かあったの?」

わざと舌足らずな声で訊く。

「いや。――客があっただけだ」

「私、帰る?」

「そうだな……。そうしてくれ」

「うん……」

アイリは起き上ってベッドから出ると、手早く服を着た。

すると、部屋の明りが消えて、廊下へのドアを開けた間が、

「何も見ないで帰れ」

と言った。

ドアから入る明りで、リビングの床に、テーブルクロスで覆《おお》われて倒れている女性が見えた。

そうか、銃で自分を撃ったのだ。

しかし、アイリは何も気付かないふりをして、大欠伸しながら、

「――ごちそうさま」

と、間にチュッとキスして、廊下へ出て行った。

背を向けて歩いている間、もし撃たれたら、と思うと怖かったが、無事エレベーターに乗った。

エレベーターの扉が閉じて下り始めると、ホッと息をついた。そして自分に向って、

「アイリ、名演技よ……」

と呟いたのだった……。


「大津佑美子が死んだ?」

小川アイリの話を聞いて、真弓はびっくりした。

「死んだ、ってどうして……」

「あの女の人、大津佑美子っていうの」

とアイリは言った。「ともかく、その人だと思う。間大臣の目の前で……」

「自殺したのか?」

淳一は表情を曇らせて、「可哀そうに。そこまで間に尽くしてたのか」

「私のような若い子がいいんだ、って間が言ったの

で、ショックだったみたい」

――深夜である。

淳一と真弓の家へやって来た小川アイリは、ホテルでの出来事を報告した。

「おいしいコーヒー」

と、アイリは、淳一のいれたコーヒーを一口飲んで言った。

「こだわりがあってね」

と、淳一が言うと、アイリが、

「こだわりのある人って好きよ」

「私もこだわりがあるのよ」

と、真弓が言った。「夫に近付く女は射殺するっていう」

アイリは笑って、

「カッコイイ！　私、真弓さんにも惚れちゃいそう」

「それより、現場のホテルの部屋を押えないと」

「もう片付けてるだろう」

と、淳一は言った。「間は、そういう点、素早く動くさ」

「でも、放っとくわけにも――」

「もちろんだ。たとえ死体を動かしたとしても部屋には必ず痕跡が残る」

アイリの話を聞いて、すぐに真弓はそのホテルの部屋へ道田を急行させていた。

真弓のスマホが鳴った。

「道田君だわ。――もしもし。部屋はどう？」

真弓は話を聞いていたが、「――当然そうでしょうね。でも、銃で死んだのなら、必ず飛び散った血ぐらいは残ってるはずよ。鑑識に徹底的に調べろと言って」

「分りました！」

「そこを借りた客の名は？」

「企業名です。調べましたが、個人名は明かせないと――」

「もちろん、そうだろう。ご苦労さん」

　と、淳一が言った。

　アイリがコーヒーを飲みながら、しみじみと、

「若い子の方がいいなんて言っても、私だってあと十年したら三十歳、二十年で四十歳。アッという間よね。そんなことで女を選ぶなんて男って馬鹿ね。自分はトシとらないとでも思ってるのかしら」

　淳一が笑って、

「君はさめてるな」

「もう二十歳ですもん」

　と、アイリは言った。「余生は穏やかに暮したいですものね」

　ついていけない、と思って、淳一はちょっとショックだった。俺ももうトシなのか?

「――で、この先、どうします?」

　と、アイリが訊く。

「〈星の教室〉は休みに入ってるんだろ? しかし、寄宿生の中には、色々事情があって家へ帰れない子もいるはずだ」

「ええ、四、五人いますよ」

「じゃ、君も口実を作って校舎に残ってくれ」

「了解です」

「危くない?」

　と、真弓が心配している。「あなたに万一のことがあったら……」

「突然母性愛にめざめたのか?」

「いいえ、万一のときは、お墓は洋風? 和風?」

　と、真弓は訊いた。

　――間大臣や〈星の教室〉のオーナー星野拓郎も、こんな事態を予想していなかったろう。

〈旧日本軍の財宝〉が、すっかり有名になって、〈星の教室〉の近くには、TV局の中継車が何台も停り、上空にはヘリが飛び、学園の中もドローンが

偵察している。という状態である。

「当面、発掘はできないだろう」

と、淳一は言った。「あれだけ注目の的になってはな」

「そうね。あんなことになるなんて、想像してなかったわ」

かなり真弓が煽《あお》ったという面もあるのだが……。

真弓のケータイが鳴って、

「課長だわ」

と、眉をひそめて、「こんな時間に、自宅へかけてくるなんて。『夫婦の語らい』の最中だったら、射殺してやるところだわ。――もしもし」

聞いていたアイリが笑い声を何とかこらえている。

「――はあ、そうですか。――分りました。でも、どうしてこんな夜中に？　――へえ、そうなんですか」

真弓が通話を切って、

「ふざけた話だわ。こんな夜中に！」

「何を怒ってるんだ？」

「例の財宝にね、政府が関心を持ってるんですって。見付かってもいないのにね」

「そういうことか。あり得ることだな。見付かっても、誰のものか、特定できないだろう。結局国庫へ入るということなら、政府としちゃありがたい話だ」

と、淳一が言った。

「それもしゃくね」

と、アイリが言った。「どうせ間みたいな政治家が、何かと口実をつけて、好きなように使うんだわ」

「でも、見付かったら、そうなっても止められないわ」

淳一は肯いて言った。

「見付からなきゃいいわけだな」

「あなた……」

「やりようはあるさ」

「面白そう」

と、アイリが目を輝かせた。

「それにしたって失礼だわ」

と、真弓はむくれている。「こんな夜中にかけてくるなんて！」

「課長はどうしてこんな時間に？」

「それが、課長に、何とかいう人から電話があったんですって」

と、真弓は言った。「財宝の話を聞いて、連絡して来たらしいんだけど、外国にいるらしいのよ」

「外国？」

「パリ……だったかしら。何とかって会議にその人が——何だっけ？　白……白玉？　違うわね、白肌？」

「もしかして白倉《しらくら》か？」

「そうそう、そんな名前だったわ」

「白倉は今の首相だ。パリのサミットに出てるんだろ」

「あら、そうだっけ。サミットね。コンビニみたいな名前だなと思ったのよ」

と、真弓は言った……。

「明日の夜は空けておいてね」

そう言われたら、当然、期待しないわけにいかない！

谷口秀男は、大いに張り切って、ホテルの部屋へと向った。

ドアをノックすると、

「はい、ちょっと待ってね」

と、小百合の声が、「今、裸なの、五、六分待って」

それを聞いて、秀男の胸は期待にふくらんだ。

しかし、ドアの前で五分待つのは、なかなか苛々するものだった。廊下を通る人が、

「何してるんだ？」

という目で秀男を見て行くし、中には、

「彼女に入れてもらえないのよ。きっと」

と囁《ささや》き合って笑っている女の子たちもいた。

「いい加減に——」

と思っていると、ドアが開いた。

「お待たせ」

立っていたのは、バスローブをはおった小百合だった。

秀男はたちまち上機嫌になった。——準備できてるじゃないか！

「可愛いよ、すごく！」

と、部屋へ入って言った。

「そう？　どうでもいいでしょ、そんなこと」

と、小百合はアッサリ言って、「あなたも仕度してよ」

「うん！　すぐだからね！」

張り切って服を脱ぎ捨てると、パンツ一つになって、バスルームへ駆け込んだ。

シャワーをザッと浴びれば充分だ。

秀男はバスタオルを腰に巻いただけで、バスルームを出た。

「明り、消した方がいいんじゃないか？」

と、秀男は言った。「僕はどっちでもいいけどね」

小百合がふしぎそうに、

「暗くしたらできないでしょ」

「そう？　まあ君がそう言うなら——」

秀男がバスタオルをパッと外すと、小百合はキョトンとして、

「海水パンツ、はき忘れたの？」

「海水パンツ？　どうしてそんなものはくんだ？」

「だって、潜水のための練習をするんでしょ？　丸

裸で湖に潜るつもり?」

「え……。だって、君も裸で――」

小百合はバスローブを脱いだ。下に水着を着ている。

「そんな……」

秀男は唖然として、「僕はてっきり……」

「夜に紛《まぎ》れて、ホテルのプールで、潜水の稽古をするんですよ。そうメールしたでしょ?」

「〈今夜は空けといて〉としか読んでない」

「ともかく、海水パンツをはいて!」

「分ったよ」

秀男は渋い顔をして、「でも、そんなもの持ってない」

「バスルームの中に置いてあります!」

「そうか。気が付かなかった」

「潜水に必要な道具一式、ちゃんとそこに揃えてありますから」

と、小百合はベッドの上に並べた、酸素ボンベや足ひれを指すと、「早く仕度して下さい!」

秀男は情ない顔で、バスルームへと戻って行った……。

22　発掘

「大臣」

と呼び止められて、間はギクリとした。

「――何だね、君は?」

と、仏頂面になって、「私は忙しいんだよ」

「警視庁捜査一課の今野真弓と申します」

ホテルのロビーで、間はパーティでの挨拶を手短かに片付けて出て来たところだった。

「刑事か。私を誰だと――」

「もちろん存じています」

と、真弓は言った。「ですからお呼び止めしました」

「君ね、私はこれから首相と面会して――」

「白倉首相は今サミットでパリにおいでては?」

「うん……。そうだが、そこはリモートで……」

「お伺いしたいことがあります」

「忙しいんだ!」

「でも、ぜひ――」

「だから忙しくて話を聞いてる暇はない」

「こうして話している間に、すみます」

「私は、大津佑美子なんて女は知らんよ」

自分から言い出している。真弓は苦笑した。

「その件ではありません」

「では何だと言うんだね」

「〈星の教室〉で発見された、旧日本軍秘密司令部の件です」

そう聞いて、間はホッとした様子で、

「何だ。そうならそうと早く言ってくれ」

あんたが言わせなかったんでしょ、と真弓はお腹の中で言った。

「それで……」

「私どもが発見しましたので、秘密司令部の取材と記念のパーティを開きたいと思っております。私どもの仕切りで、ぜひ。そこで、この手のことに誰よりもお詳しい間大臣に、ぜひご出席いただきたいと思っておりますが」

間の顔がパッと明るくなった。

「そうか！　いや、そういうことなら、私としても協力は惜しまないよ」

と、打って変って愛想がよくなった。

「ぜひ。主なTV局も呼んで、にぎやかな会にしたいと思いますので」

「そうか。うん、TVも来るのか」

間がTV出演を大好きなことは有名だった。

「よろしいですね？　では明日午後一時に、ヘリがお迎えにあがります」

「分った。待ってるよ」

忙しいはずが、予定を確かめもしない。

「では、よろしく」

真弓が立ち去ると、

「うむ……。やはりタキシードは白かな」

と、間は呟いた。

そこへ、

「広太郎さん」

という声がして、小川アイリが姿を見せた。

「何だ、誰かと思ったぞ」

「お話、聞いちゃった。明日のパーティ、私も連れてって」

「君も行く？　まあ……いいんじゃないか」

間はニヤニヤしている。

「でも、どういう立場で行けばいい？　若い恋人じゃまずいでしょ？」

「うむ……。それはちょっと……。女房の手前もあるし」

と言ってから「そうか！　女房がきっと行きたがるな」

「奥さんがパーティに？」

「ああ、そういう席に出るのが大好きなんだ。——悪いが、君を連れて行くわけにはいかない」

「へえ。——天下の大臣ともあろう人が、一度、いって言っといて、奥さんが怖いから取り消すのね？」

「いや、そういうわけではないが……」

「じゃ、行ってもいいわね」

「そうは言っても……」

ただオロオロするばかりの間を見て、アイリはふき出してしまった。

「いいわ！　いじめるのはやめる。ね、広太郎ちゃん」

「おい……」

「私も行く。でも心配しないで。あなたと知り合いだとは絶対分らないようにするから」

「じゃ……向うで会うということで……」

「うまく機会を見付けて、キスぐらいしてあげるわ。スリルあるじゃない？　ＴＶカメラも入ってるのに」

「なるほど、そうだな」

と、間は面白がっているようで、「君は頭がいいからな。うまく考えてくれ」

「分ってるわ」

アイリはロビーを見回してから、素早く間にキスした。

「——大臣、お車が」

秘書に呼ばれて、

「分った！」

と、間はあわてて駆けて行った。

見送って、アイリは冷たい表情になった。

「自分のために、大津佑美子さんが目の前で死んだのに……」

と、アイリが呟くと、

「世の中には、そんな男もいる」

と、いつの間にかそばに淳一が立っている。

「本当ね。——真弓さんは幸せだわ」

「そうかな」

「真弓さん、どこに？」

「今、TV局へ電話しまくってる。明日の中継を強引に入れさせるんでね」

「真弓さんなら、どこの局だって言うこと聞くわね」

「ああ。——君は明日どうするんだ？」

「ご心配なく。自分で行くわ。——でも、そんな所でパーティやって大丈夫？　頭の固い連中が何か——」

「それが狙いだ」

「え？」

「お互い、相手のやることを楽しみにしていようじゃないか」

「楽しみだわ」

と、アイリは微笑んだ。

ロビーには、

「おたくの局だけが出遅れて、後でクビになっても知らないわよ！　——だったら、言う通りにしなさい！」

と、ケータイでTV局を怒鳴りつける真弓の声が響いていた……。

「ここまでやるか？」

と、さすがに淳一も呆気《あっけ》に取られている。

「あら、『うんと派手にしよう』って言ったのはあなたよ」

と、真弓は平然としている。

「俺が言ったのは、『秘密司令部の存在を際立たせるようにしたらいい』ってことだぞ」

「同じことじゃない」

「同じ……でもないと思うがな……」

「それじゃ、これだけの準備にかけたお金と労力、それに消費された私の才能！　それが全部むだだったと？」

「いや、そうは言わない！」

今さら引くに引けない。「いいんじゃないか？　夜になれば明るくなって、あの穴のあいた土地とその周辺は充分明るくなる」

「そうでしょ？　――はい、急いでね！」

と、真弓が大声を上げる。


あの、トラクターが落ちた穴の周辺に、テーブルが並び、照明が取り付けられている。そして、真弓が大至急で作らせた、〈祝！　秘密司令部発見！〉と書かれた提灯が紐《ひも》にズラッとさがっているのである。

「夜になって、提灯に火が入ったら、凄くきれいよ」

と、真弓はご満悦《まんえつ》である。

「どうせなら、真中にやぐらを組んで、盆踊りでもやるか」

と、淳一は言った。

「料理の注文も抜かりなくね」

と、真弓に言われて、道田刑事が、

「大丈夫です！　念を押しときました！」

と、自信たっぷりに答える。

「間は来るのか？」

と、淳一が訊いた。

「もちろんよ！　ＴＶ大好きだもの」

しかし、一緒に来る奥さんの仕度に手間取って、ヘリで出発するのがずいぶん遅れてしまい、当然のことながら、到着も遅れていた。

今は大勢のＴＶ局の人間たちが、パーティの準備の様子をカメラにおさめている。

「まあ、とてもきれいですね」

と言ったのは、車椅子の事務長、谷口良子だった。

「具合はいかが？」

と、真弓が訊く。

「本当はおとなしく寝てなきゃいけないんですけど」

と、良子は微笑んで、「でも、〈星の教室〉に係ることは、すべて事務長の私が把握しているべきですからね」

その表情は強い責任感を示していた。

「それにしても、学校の地下にあんなものが隠れていたなんて」

と、真弓は言った。「事務長さんはご存じだったのでは？」

さりげなく訊かれて、良子は少し黙っていたが、ちょっと息をついて、

「――ご承知なのですよね」

と言った。「〈星の教室〉の秘密を……」

「あなたは、事務長として当然の仕事をしていただけです」

と、真弓は言った。「でも、その秘密を守るために、何があったんですか？」

良子は何も言わなかった。

「――まあ、どうも」

と、やって来たのは南田秋子とゆかりだった。

「谷口さん、大丈夫なの？」

「おかげさまで」

と、良子は会釈した。

「わあ！」

と、ゆかりが声を上げたのは、特製の提灯に、いっせいに灯が入ったからだった。

「きれいだわ！」

と、ゆかりは言った。

「秘密司令部にふさわしいかしら」

と、南田秋子が言うと、ゆかりは、

「私はいいと思うわ」

と、言った。

「そう？」

「平和でしょ、あの提灯。ああいう光が、隠されていた歴史の闇を照らし出すんだわ」

秋子はちょっと目をパチクリさせて、

「そういう考え方もあるわね！」

と言った。

「あ、ヘリコプター」

と、真弓が暗くなりかけている空へ目をやって、

「着陸するわ。間大臣夫妻ね」

TV局がワッとヘリの方へ向う。

「お出迎えはにぎやかな方がいいわね」

と、秋子は言った。

ヘリが無事着陸して、間と夫人が降りて来た。

間はタキシード。さすがに白はやめて黒にしていたが。

TVカメラは、華やかなドレス姿の夫人と腕を組んで歩いてくる間を、ライトを当てて捉えていた。

——谷口良子がケータイを手に取った。

「もしもし？　秀男？」

「母さん、病院じゃないの？」

「パーティよ。学園の裏手で。聞いてないの？」

「そうだっけ？　忘れちまったな」

「後からでいいから、いらっしゃい。記念すべき夜になるわよ、きっと」

「うん、そうするよ。後でね」

「待ってるわ」

良子は通話を切ると、パーティに次々やって来る学園の父母たちと挨拶を交《か》わし始めた……。

母親からの電話を切ると、秀男は、

「今日パーティだって。聞いてたかい?」

と、小百合へ言った。

「聞いてるわ」

と、小百合は言った。「だからチャンスなのよ」

「チャンス?」

「みんなの注意が〈星の教室〉に集まる。だから、こっちは誰にも気付かれずに宝さがしができるわけ」

「そうか。なるほど」

秀男は何でもすぐ感心する。そこがいいところでもあり、ちょっと抜けたところでもあった……。

ホテルの窓から表を見ていた小百合が、

「もう外は暗くなったわ」

と言った。「出かけましょう。いざ、宝を捜しに!」

「うん……」

秀男は、小百合の手前、何とか笑顔を作っていたが、正直なところ気は進まなかった。

一応、ホテルのプールで勝手に潜水用具を身につけて潜ってみたものの、水に入る前にプールサイドで三回転び、水に入ったものの、水面から頭を出してパチャパチャやった程度だった。

小百合も、文句を言っても仕方ないと思ったのか、

「いざ、本当の湖に行ったら、何とかなるわよ」

と、慰めたくらいだった。

そして——いよいよ夜になって、二人はホテルの裏庭へ出た。

木立ちの中を少し行くと、小さな湖に出る。

むろん、暗いけれど、ホテルの照明が、その辺ま

で届いていて、何も見えないというわけではなかった。

小百合は二人乗りの小さなボートを、ちゃんと用意していた。小型エンジン付である。

秀男が苦労して酸素ボンベを背負ったり、足ひれを付けたり。それだけで三十分くらいかかったが、何とか準備を終えて、

「じゃ、行くわよ」

と、小百合がエンジンをかけボートを出した。

もともと、大きな湖ではないので、ほぼ真ん中辺りにはすぐに着いた。

「この辺が一番深いのよ」

と、小百合は言った。「ちゃんと調べてある」

「うん」

「じゃ、ここで底を捜してみて。もちろん、一度や二度じゃ見付からないでしょうけど、根気よく探せばきっと……」

秀男にとって、一番似合わない言葉が、「根気よく」だった。

しかし今さら「やめよう」とも言えない。

「じゃ……行ってくるよ」

止めてくれ、という期待が一見して分るような、心細げな言葉を後に、秀男はバシャッと水へ入った――正しくは「落ちた」と言った方が正確だろう。

泳げない！　溺《おぼ》れる！

たちまちパニックに陥《おちい》った秀男はボートにつかまろうとしたが、小百合はその頭を手でぐいと押し下げた。

そして――一旦水面下に入ると、ボンベの重さもあまり感じないし、呼吸も楽になった。

これならいけるぞ！

秀男は湖底に向けて、潜って行った……。

「わあ、これは凄い！」

という声が方々で上った。

その声が、地下の空間に響く。

「ここには歴史の重みを感じます！　戦後八十年を経て、あたかも昨日まで人が働いていたかのようです！」

と、TVのリポーターが興奮している。

パーティの客たちは、地下の旧日本軍司令部に入っていた。

あのトラクターが落下した穴から、仮の坂道を作って、下りられるようにしておいたのである。

今、地下司令部は明るい照明も灯されて、盛装した人々でにぎわっていた。

「──何だか、複雑な気分ですわ」

と、谷口良子が車椅子で言った。「戦争の記憶が、こんなお祭り騒ぎで……」

「斜面はちょっときついですが、下りますか？」

と、淳一は言った。

車椅子なので、良子はまだ地上にいた。

「下ろすのは大変でしょう？」

「右に、若くて力のあるのがいます」

淳一は警備に当っている巡査を手招きして、「下へ押して行ってあげてくれ」

と言った。

「かしこまりました」

「あなたは行かれないのですか？」

と、良子は淳一に訊いた。

「別に仕事がありまして」

と、淳一は言った。

車椅子には急な下りなので、巡査が逞《たくま》しい腕力で、ゆっくりと下ろして行った。

淳一は料理をせっせと食べている小川アイリの方へ近寄って、

「君は下へ行かないのか？」

「行きたいけど、お腹が空いてるの」

と、アイリは言った。「それに間大臣は夫人と一緒でしょ?」

「あ、淳一さん!」

と、声がして、駆けて来たのは、ジーンズの軽装の安田睦子だった。

「やあ、君も食い気の方か」

「母について来たの」

「お母さん? 山崎真由子さんがここに来ているのか?」

「ええ。もう動いても大丈夫ですって。私はまだ無理しないでと言ったんだけど」

「どこにいるのかな?」

「それが……。さっきまで近くにいたけど、いつの間にやら」

小川アイリが伸びをして、

「充分食べた!」

と言った。「下へ行ってくるわ!」

「じゃ、私も」

と、睦子も言った。「お母さん、どこにいるのかしら」

「見かけたら伝えるよ。大丈夫」

と、淳一は言った。

少女二人が地下への坂道を下って行く。

淳一は校舎の中へと入って行った。

「——どうだ?」

と、真弓に訊く。

「今のところ動きはないわ」

と、真弓はTVのモニター画面を見ながら言った。

校門の辺りが画面に写し出されている。

「でも、さっきトラックが近くのガソリンスタンドの前を通過するのが写ってたから、じきに着くでしょ」

「噂をすれば、だ」

淳一は、〈星の教室〉の校門を入って来る大型トラックの画面を見て言った。

「でも、本気なのかしら?」

と、真弓が言った。「そんなことして、無事ですむ?」

「実行することに意味があるんだ、きっと」

と、淳一は言った。


「事務長さん」

と、声をかけて来たのは、高畑伸子だった。

「伸子さん、体調は?」

「はい、無事に育っています」

と、伸子はお腹に手を当てた。

「それなら良かったわ」

と、良子は微笑んで、「充分にお休みを取ってね」

「ありがとうございます」

と、伸子は言った。「でも――この地下の秘密が、こんなに明らかにされるなんて……」

「本当にね」

と、良子は肯いて、「これじゃ、まるで観光地だわ」

そのときだった。

「諸君!」

という男の声が、地下に響き渡った。

みんな、びっくりして話をやめ、中をキョロキョロと見回している。

「80年の時を経て、この地下司令部はよみがえった」

どこにスピーカーがあるのか、その声は隅々まで聞こえていた。

「ここは過去の遺跡ではない」

と、声は言った。「大日本帝国は眠っていただけだ。そして今日目覚めた」

「――誰の声?」

と、小川アイリが首をかしげた。「何だか……あの人に似てるけど」

「あの人？」

「大臣よ。間広太郎」

「ああ、そういえば……」

と、安田睦子は肯いて、「でもこのパーティに出てるでしょ？」

周囲を見回して、アイリが、

「いない。いつの間にか。奥さんはそこに」

間の夫人も、その声を聞いて、

「あなた？　――あなたなの？」

と、問いかけた。

「私は間広太郎だ。しかし、そうでないとも言える」

と、声が言った。「私は星野拓郎でもある」

「まあ、学園長？」

「そして、かつての戦争で倒れた三百万の日本人の一人一人でもある。日本は負けてはいない！　息をひそめていたのだ！」

「何言ってんだろ」

と、アイリが呆れたように、「もう一度戦争するつもり？」

「君たちは人質だ」

と、その声が言った。「誰もこの地下司令部から出ることはできない」

地上とをつなぐ斜面にバタバタと足音がしたと思うと、黒いマスクの男たちが十人近く、機関銃を手に駆け下りて来た。

「逆《さか》らえば命はない」

と、声は言った。

「あなた！　馬鹿なことはやめて！」

と、間の夫人が声を上げた。

機関銃が発射されて、夫人は脚を撃たれて倒れた。悲鳴が上る。アイリが夫人に駆け寄って、「出血がひどいわ！」

と言った。「ひどいじゃないの！」

機関銃の銃口がアイリへ向く。

「撃つつもり？」

と、アイリは銃口に向って立つと、「大日本帝国だか何だか知らないけど、殺人犯になりたけりゃ撃てばいいわ！」

「いい度胸だ」

と、機関銃を構えた男が笑って言った。「一発で仕止めてやろう」

銃声がした。――だが、倒れたのは、機関銃を持った男だった。

「誰だ！」

と、声が言った。「我々の邪魔をするなら、この地下司令部ごと爆破するぞ！　ここには弾薬や爆弾が山と積まれている。一人残らず吹っ飛ばしてやる！」

「お気の毒だが――」

と、他の声が割って入った。「そんなことはしないだろう。間さん、あんたの目的はここの人々を人質に身代金を要求することだ。結局金目当ての犯行に過ぎない」

「淳一さんだ」

と、アイリが言った。

「身代金は、我々の活動資金になるのだ」

と、間が言った。「失敗したら、いさぎよく、ここを爆破してやる」

そのとき、頭上で爆発音がした。

「今の何？」

と、睦子が言った。「ずっと上の方だね」

すると、今度はずっと近くで爆発が起ったらしく、建物が揺れた。

「――何をしているんだ！」

と、間が言った。「答えろ！」

「初めの爆発は屋上の給水用タンクを破壊した」

と、淳一が言った。「二度目は、屋上とその下のフロアの床を破壊。そして次は――この地下司令部の戸口だ」

爆発が起って、倉庫から地下司令部へ入って来る扉が破壊された。

すると――給水タンクから何十トンもの水が地階のフロアから地下司令部へと、ドッと流れ込んで来たのだ。

押し流されて、客たちが引っくり返った。

水はたちまち地下司令部を水浸《びた》しにした。

「――これだけ濡れてしまっては、爆発は起らない。間大臣、諦めるんだね。過ぎ去った時間は戻って来ない」

機関銃を持った男たちも水に足を取られて転倒した。そして形勢が悪いと見ると、立ち上って斜面を駆け上って行った。

そのとき――ズラリと灯を灯していた提灯が一斉に音をたてて破裂して、白い粉が煙のように斜面に広がった。

「目が――目が痛い！」

男たちが機関銃を放り出して顔を覆った。ワッと警官隊が防毒マスクを付けて現われると、男たちを取り押える。

「――夫人を運び出して！」

と、アイリが叫んだ。

「畜生！」

間が怒りに声を震わせた。「どうなってるんだ！」

「大臣」

と、そばについている秘書が言った。「この状況では、転進した方がよろしいかと」

「転進だと？」

「はあ。かつて大日本帝国の軍隊は決して〈退却〉とは言わず、〈転進〉と言ったそうで」

「うむ……」

間は思い切り顔をしかめると、「今は一旦転進して、態勢を整えるべきだな」

「お言葉の通りで」

間は、側近の数人と共に、ワゴン車に乗っていた。

パーティを抜け出し、この車から、地下司令部へ向けて話していたのである。

〈星の教室〉の正門辺りには、TV局の中継車などの大型車が何台も停っているので、間たちの車も目立たなかった。

「大臣、奥様が負傷を――」

「分っとる！　放っとけ。死ぬわけじゃなかろう」

と、間は面倒くさそうに言って、「おい、車を出せ！」

と命じた。

車が、他の車の間をすり抜けて、正門から外へ出ると――。

目の前にパトカーが十台近くも並んで、壁を作っていた。

「おい、どかんか！」

と、間は怒鳴った。「防衛大臣だぞ！　早くパトカーをどけろ！　邪魔だ！」

「残念ですね」

と、間の車の前へ出て来たのは真弓だった。「今、もうあなたは大臣とは言えないでしょう」

「何を言うか！　私は解任されない限り大臣だぞ！」

「しかし、同時に人々を脅迫し、夫人を負傷させた犯罪者です」

と、真弓は言った。

「ふざけるな！　たかが女刑事のくせに」

「大臣、〈刑事〉にわざわざ〈女〉とつけたのは失敗ですね」

「何だと？」

「男女平等を定めた憲法に違反しています。充分な逮捕の理由になります」

と言ってから、真弓は、「大臣と行動を共にしている人たち。間大臣の行く先は真っ暗闇ですよ。今、車から出てくれれば、軽い罪で済むけど、あくまで間大臣に従うなら、どんどん罪は重くなりますよ」

真弓の言葉に間は笑って、

「お前は我々の絆の強さを知らないのだ！　我々は愛国精神の下、いかなるときも共に行動し――」

車のドアが開いて、

「大臣、失礼します」

と、秘書が降りて来た。

「おい、貴様！」

が、次々に男たちが降りて来る。

「男ばっかり？」

と、見ていた真弓が首を振って、「やっぱり男女平等に反してるわね」

間は結局車に自分一人しか残らなかったので、愕然とした。

「大臣もどうぞ」

と、真弓が声をかけると――少しして間が車から降りて来たが、

「逮捕できるものか！」

と、手にした拳銃で真弓を狙った。

「警官を撃つつもり？」

と、真弓が眉をひそめて、「正気の沙汰《さた》じゃないわね」

「うるさい！　俺は大臣だ！」

と、間がヒステリックに叫んだ。

そのとき――誰も気付いてなかったのだが――真弓の背後にスッと近寄った人影があった。

そして間が引金を引く瞬間、真弓の前に素早く立ったのである。

「あなたは――」

真弓もびっくりした。

銃声がして、真弓の前に立った女性がぐらりとよろけた。

次の瞬間、警官たちが一斉に間に駆け寄って、その体を地面にねじ伏せた。

「やめろ！　俺は大臣……」

という間の声は、お腹をけられて途切れた。

「真由子さん！」

真弓が、崩れるように倒れた山崎真由子を支えようと身をかがめた。

「救急車を！」

と、真弓が叫んだ。

「すみません……」

真由子の胸の出血がひどい。「何とかして……償《つぐな》いをしたかった……」

「あなた」

真弓が、やって来た淳一へ、「娘さんは？」

「睦子君は今こっちへ来る」

淳一は真由子のそばに膝をついて、「覚悟していたね」

と言った。

「ええ……」

真由子は口元に笑みを浮かべて、「分ってました。刑事さんが、ちゃんと防弾チョッキを身につけているだろう、って。私はただ……自分への言い訳に、撃たれたんです……」

そこへ、睦子が駆けて来て、愕然とした。

「お母さん！」

「睦子……。ごめんね」

と、真由子は少し荒い呼吸をしながら言った。

「お母さんは人の命を奪った。それも何人も……。取り返しのつかないことよ。だからこうして……」

「でも、私のお母さんだよ！」

睦子が真由子を抱いた。

「最後に——他の人の盾になって死にたかったの……。許してね……」

救急車がやって来て、真由子と睦子を乗せて走り去った。

「あの人……」

と、見送って真弓が言った。

「助からないだろう。それが望みだったんだ」

と、淳一が言った。「これから裁判もある。娘に辛い思いをさせたくなかったんだろう」

「そうね。——あの子はしっかりしてる」

「ああ。自分でちゃんと道を見付けるさ」

淳一はそう言って、「ところで、地下司令部と客たちはとんでもないことになってるぞ」

「誰かさんがそうしたんでしょ」

「あれしか方法がなかった。砲弾や爆弾を運び出すのは大仕事だ。間の正体をあそこでみんなに見せておく必要もあったしな」

「でも学校は爆破されて、もうやっていけないでしょ」

「いずれにしても、間が裏にいたんだから、〈星の教室〉は、間の組織をカモフラージュするためのものだった。閉校になるしかないだろう」

「生徒たちは気の毒ね」

「なに、貴重な体験をしたと思えばいいのさ」

びしょ濡れになった客や報道陣が校内から出て来た。

「それで——〈隠された宝〉はどうなってるの?」

「さあ、どうなのかな。本当にあるのかどうかも分らない」

「何でも知ってるんじゃなかったの?」

「俺だって、八十年も前のことまでは分らないさ」

と言った。「大方、この周辺の土地をあらゆる手を尽くして捜し回るだろう。運が良きゃ見付かるかもしれないな」

「――今野さん」

と、やって来たのは南田秋子とゆかりの二人だった。

「やあ、濡れませんでしたか?」

「私は濡れたけど、お母さんは大丈夫」

と、ゆかりが言った。

「今、〈M商会〉には家宅捜索が入っています」

と、真弓は言った、「特に〈製造部〉はこの度の間大臣の〈クーデター〉のために作られた部署ですからね」

「お手数をかけます」

と、秋子は会釈した。

「ご存じだったのでしょう、校内での計画については」

と、淳一が言った。「頭のいい方だ。ちゃんと見抜いていると思いましたよ」

「ええ、そのためにも、このゆかりちゃんを引き抜いたんです」

「お母さん――」

「初めに出会ったとき、私は駅で隠れてたでしょう? 私について来ていた社員は、〈製造部〉の回し者だったのよ」

「それで隠れてたの? ちゃんと言ってくれたら良かった」

「あなたを後継者として育てないといけなかったからね。私に万一のことがあったら」

「もう大丈夫でしょう」

と、淳一は言った。「間も大臣をクビになるだろうし、彼の作った組織は、自分の利益ばかり考える連中の集まりです。捜査の手が伸びれば、たちまち逃げてしまいますよ」

「〈M商会〉は一からやり直しです」

と、秋子が言った。

「南田さん」

と、車椅子で谷口良子がやって来た。「〈星の教室〉はもう終りですね」

「もし、改めて本当に自由な学園を再建されるおつもりなら、お力になりますよ」

と、秋子が言うと、良子の顔がパッと明るくなった。

「本当ですか？　それなら先生方を集めて会議を開こうと思います。――私も、間大臣に騙《だま》されていたところがあります。高畑伸子さんも」

「ご主人の高畑さんは間大臣の秘密を知ってしまったんでしょうね。殺したのは大津佑美子ではないかと思います。この今野刑事が真相を明らかにしてくれますよ」

「お任せ下さい」

と、真弓は胸を張った。

「真弓さん」

と、道田がやって来た。「ＴＶや新聞が、記者会見を開いてくれと言ってますが」

「ずぶ濡れなのに？」

と、真弓は笑って、「じゃ、三時間後に、下の方のホテルで」

「手配します」

と、道田は行きかけて、「あ、そうだ」

「何かあった？」

「パーティの料理を用意した店が、請求書をどこへ持ってけばいいのか訊いてますが」

「そんなの決ってるじゃない」

と、真弓は言った。「うちの課長のところよ」

エピローグ

「もう……だめだ」

谷口秀男は、ホテルのベッドにひっくり返って、動けない様子だった。

「しっかりしてよ」

と、小百合が呆れ顔で、「二回潜っただけじゃないの」

「君には分らないんだ！　あの深海の暗がりの中、たった一人でいることの恐ろしさが」

「深海って……。あそこは大体海じゃないし、深さもせいぜい七、八メートルでしょ」

「そんなことはない！　二十メートル——いや、三十メートルはあった！」

「ゆっくり休んで」

と、小百合が言うと、ドアがノックされて、

「どうしてる？」

「あ、淳一さん」

小百合が急いでドアを開ける。「学校の方じゃ、大騒ぎがあったみたいね」

「まあね。そっちの捜査は？」

「ええ、彼が頑張ってくれたわ」

淳一は、ベッドでのびている秀男を見て、

「どうやら、そのようだな」

と、微笑んだ。「それで、何か見付かったかい？」

「底をかき回して、『金塊《きんかい》を見付けた』って張り切

ってたんだけど……」

小百合がテーブルの上の黒い石を手に取って、

「ただの黒い石だったの」

「なるほど」

淳一はその黒い石を手に取って、「その意気込みなら、きっと何か見付けるさ」

「冗談じゃない！」

と、ベッドから秀男が言った。「二度とごめんだよ！　いくら金塊だって、命と引きかえじゃ、割に合わない」

「まあ、ともかくゆっくり休んで、後で何でも好きなものを食べたまえ。支払いはこちらでもつ」

「私も？」

と、小百合が言った。

「ああ、くたびれた！」

ホテルの部屋へ入って来ると、真弓はそう声を上げて、伸びをした。

「記者会見か」

淳一がソファで寛いでいる。

「誰かさんがあの学校を壊しちゃったからね。でも、話のネタにはこと欠かないでしょ。——あの谷口秀男の方はどうしたの？　溺れ死んだ？」

「大丈夫。ちゃんと生きて帰ったよ。ただし、当人は二度と潜らないと言ってるがね」

〈星の教室〉を巡るクーデター騒ぎで、淳一と真弓は近くのホテルに泊ることにしたのである。

「——何なの、それ？」

真弓は、淳一が手にしている黒い塊を見て訊いた。

「秀男君が命がけで湖の底から持ち帰った貴重な石さ」

「石炭か何か？」

「いや、そうじゃない」

淳一はナイフを取り出すと、その黒い石の表面を削《けず》り始めた。

「どうするの？」

「長い間、湖底の泥にまみれていたんだ。そう簡単には……」

「え？」

真弓は目をみはった。

ナイフで削って行くと、黒い表面の下から鮮やかな金色が現われたのである。

「それ……もしかして……」

「秀男君はたまたま本当に金塊を見付けていたんだ」

「へえ！　それって——大変なことじゃないの！」

「確かにそうだ」

「つまり、そこを捜せば、たぶんもっと沢山の金塊が見付かるってことね！　大事件だわ」

「そうか？」

と、淳一は言った。

「あなた……まさか金塊を自分のものにするつもりじゃないでしょうね」

淳一はニヤリと笑って、

「俺は泥棒だぞ」

「そりゃ分ってるけど……」

「しかしな、この金塊は、戦時中に国民から取り上げた貴重な財産でできてるんだ」

と、淳一は言った。「分るだろ？　大事な結婚指輪も、お寺の鐘も、その当時の国に盗まれたんだ。これは八十年前の日本人に返すべきものだ」

「でも、今となっては……」

「そうだ。その人たちはもう生きていない。戦争で死んだ人々には返してあげられない」

「それじゃ、どうするの？」

「今、金塊のありかを明かして、大々的に引き上げたら、どうなる？」

「——国のものになるわね」

「今夜一晩だけ、それを枕の下に置いて寝てもいいかしら?」

「ああ。しかし、今の国が、本当に、かつての持主や、その子孫のために、それを使うと思うか?」

真弓はちょっと間を置いて、

「公務員としては残念だけど、とてもそうは思えないわ」

「俺もだ」

と、淳一は肯いて、「だから、金塊のありかは、俺たちだけの秘密にしておこう。そして、本当の使い途《みち》が見付かったときに公表すればいい」

真弓は微笑んで、

「さすがに夫婦ね。私と全く同じことを、あなたも考えてるなんて」

「全くだ」

淳一は笑って、「これは証拠物件として取っておこう」

「いいわね!　でも……」

「何だ?」

この作品は「読楽」二〇二三年一月号〜二〇二四年十一月号に掲載されました。
なお本作品はフィクションであり、実在の個人・団体などとは一切関係がありません。

TOKUMA NOVELS

赤川次郎

盗まれた時を求めて

２０２５年４月30日　初刷

発行者　小宮英行
発行所　徳間書店
東京都品川区上大崎三‐一‐一　〒一四一‐八二〇二
目黒セントラルスクエア
電話　編集　〇三‐五四〇三‐四三四九
　　　販売　〇四九‐二九三‐五五二一
振替　〇〇一四〇‐〇‐四四三九二
カバー印刷　近代美術株式会社
本文印刷
製本所　中央精版印刷株式会社

ISBN978-4-19-851006-0